谷语，本名马迎春，重庆石柱人，执教于四川民族学院文学院。作品散见《人民文学》《北京文学》《人民日报海外版》《诗刊》等报刊，出版长篇小说《挣扎》、短篇小说集《石桥村》、诗集《遥远的村庄》《群山之间》等。曾获第六届中国青年诗人新锐奖、第三届甘孜州政府文艺奖、四川·理塘第二届仓央嘉措诗歌奖。

中国行吟诗人文库 第二辑　李 立　主编

雪落折多

谷 语　著

黄河出版传媒集团
阳 光 出 版 社

图书在版编目（CIP）数据

雪落折多 / 谷语著. -- 银川：阳光出版社，2025.
1. -- (中国行吟诗人文库 / 李立主编). -- ISBN 978
-7-5525-7404-3

Ⅰ. I227

中国国家版本馆CIP数据核字第2024EU5031号

中国行吟诗人文库　第二辑　　　　李　立　主编

雪落折多
XUE LUO ZHE DUO　　　　　　　　　　谷　语　著

责任编辑　胡　鹏　赵维娟
封面设计　鸿儒文轩·末末美书
责任印制　岳建宁

黄河出版传媒集团
阳光出版社　出版发行

出 版 人　薛文斌
地　　址　宁夏银川市北京东路139号出版大厦（750001）
网　　址　http://www.ygchbs.com
网上书店　http://shop129132959.taobao.com
电子信箱　yangguangchubanshe@163.com
邮购电话　0951-5047283
经　　销　全国新华书店
印刷装订　三河市华东印刷有限公司
印刷委托书号　（宁）0030181

开　　本　787 mm×1092 mm　1/32
印　　张　7.5
字　　数　120千字
版　　次　2025年1月第1版
印　　次　2025年1月第1次印刷
书　　号　ISBN 978-7-5525-7404-3
定　　价　58.00元

献给达娃

总序

行吟者，灵魂像风一样自由

李立

空气看不见摸不着，上天入地，间隙不留，无处不在，随时生风。大千世界，朗朗乾坤，诗意无所不至，如风般潜隐、默化、繁衍、缤纷、飘逸、激扬。边行边吟，行吟诗歌如雨后春笋，蓬勃兴起。当代行吟诗歌已呈方兴未艾、风生水起之势。

尺寸方圆，风起云涌，绵绵无穷。思想可抵达之地，便是诗情的肥沃土壤，行吟诗歌的种子就能生根、萌芽、开花、结果。

行吟诗歌，自古有之，古今中外许多伟大的诗人，留下不胜枚举的不朽之作。

"飞流直下三千尺，疑是银河落九天。"诗仙李白临风对月，纵横山水，笑傲江湖，托举金樽，嬉笑怒骂，出口成章，行吟天下。

"朱门酒肉臭，路有冻死骨。"诗圣杜甫悲天悯人，路见凄怆，有感而发，笔触凝重，抨击时政，揭露黑暗。

"众里寻他千百度。蓦然回首，那人却在，灯火阑珊处。"一生以恢复中原为志的南宋名将辛弃疾仿佛在描绘爱情，又好像在抒发心中的压抑。他行吟于塞上边关，出入于金戈铁马，奔波于长城内外，倾诉壮志难酬的悲愤。

行吟诗歌可分抒情诗、叙事诗、咏物诗、爱情诗等。但行吟诗歌没有泾渭分明的派别之争，没有壁垒矗立的门第之别，四海之内的诵吟唱颂皆为行吟诗歌。行吟诗歌讲究清新脱俗、自然天成，拒绝闭门造车、忸怩作态、故步自封。马嘶狼嗥、鸟唱虫鸣、飞瀑激流等大自然发出的天籁之音，行吟诗人都乐意洗耳恭听，并欣然与之唱和。

风喜于拈花惹草，擅于推波助澜，忠于神采飞扬，形于来无影去无踪。从不作茧自缚，从不循规蹈矩，从不因循守旧，从不裹足不前。它弹拨漫山红叶，它吹奏江湖涟漪，它令蝴蝶蹁跹起舞，它让雪花深情款款，它能使春光风情万种，它亦能使黄沙骚动不安，在风面前，万物皆难以克制和矜持，不会无动于衷。

行吟诗歌歌颂大自然，表达真善美，挞伐假恶丑，颂扬清风正气，赞美清平世界。行吟诗歌不是游山玩水的遣兴，不是游手好闲的造作，不是江山如画的拼图，不是沽名钓誉的无病呻吟。

行吟诗歌能走进峻岭悬崖的皱褶内核，能与江河湖海促膝谈心，能与大漠戈壁共枕日月，能与孤花独草形成心灵共振，能以一颗怜悯之心去撞击世俗的铜墙铁壁，能赋予落寞古刹崭新的生命力。行吟诗歌最先抵达的目的地，是行吟者的内心深处。

脚步触摸不了的远方，只要思想和诗意锲而不舍，行吟诗歌就永远没有终点站。

想走就走，沐风浴日，披星戴月，挥毫落纸。山川河流，都市街巷，名胜古刹，危峰峭壁，荒郊野外，田间地头，只要你悉心观察，用心灵的颤音去追寻缪斯，那么，你就会诀别于寂寥和空虚，收获大自然慷慨的馈赠。行吟诗歌如风一样无处不在，但更加持重、洒脱、灵动、端庄、丰满、秀丽、辽阔，更讲究内涵、韵律、节奏和风情，看得透理得清，来无影去有踪。

大自然是行吟诗歌的温床。行而吟之，诗如其人。

大鹏借助风升空，诗人驾驭意境升华。

行吟者，目光如炬，声似洪钟，思如泉涌，行走在蓝色星球上，灵魂像风一样自由。笔随心动，诗意生风。诗情蓬勃，无所不及。

　　　　　　　　　　2023 年 11 月 1 日于新疆塔城

目 录
contents

第一辑　短诗

1

第二辑　长诗

第一辑

短诗

三月，阳光照在北坡

三月，阳光照在北坡
    金色的纱巾，缓缓擦拭北山的尘埃
锈蚀的关节，枯枝们苏醒了
    朝天举起星星的骨朵儿

所有阴影都被光明驱散
所有哀伤都被生长的喜悦覆盖
鸟鸣脱去经冬的沧桑
地心深处的力，被上天的恩泽唤醒

草芽儿，河流，琴声和梦
走出阴影的人，怀抱岁月的引火线
迎风晾晒暮年，感到了阳光的温度
一头白发，是晚春的白玉兰

是的，仍有残缺和泪水

我在美学的悬崖，在梦幻的天边
内心的漏洞，被阳光的粒子填满
春风擦拭我，我用诗歌擦拭生活

三月，阳光照在人间
　　金色的药剂，缓缓输进大地的机体
萧瑟一冬的高原柳
　　迎风抖开华丽的翩羽

春风翻开山上的诗稿

被捆缚的必定会苏醒
就像爱与善，必定在时光的荒漠中盛开
创造消灭死 ①
草坡的 A4 纸，花朵成为冬天的宣判词

我选择忽略，那些枯枝、败叶、腐草
关注一枚嫩芽儿的破土
我选择忽略，那些丑陋的、腐朽的、黑暗的
关注忽隐忽现的美善的光点

四月，阳光是金色的洗涤剂
天空如同擦过的玻璃镜片
倒映尘世之美

---

① 出自罗曼·罗兰的《约翰·克利斯朵夫》。

春风的手指揭开白雪的封面

翻开山上的诗稿，樱花站成诗行

那些短暂的风物，多么美

落叶飘坠的曲线如此美

满天霜，是张继的
荡漾过来的朝代，掀起风云
句中养育乾坤，大渡河上游深处的峡谷
石头的书页，我是一只顽固的书虫

向死而生，雪水泽被万物
金、木、水、火、土，我属水命
人生如此陡峭，朗月疏星亦增苍凉
狂欢的时代，擅长用热血写悲剧

大风吹魂魄，三两盏灯在河岸
数点愁，在胸中
绕树三匝，何枝可栖？
岁月汹涌，漫过词语筑成的防波堤

万物皆有归宿，落叶飘坠的曲线如此美

顿悟是一种境界，不怕黑暗，心中有光明

不畏歧路，怀中有正道

不惧冷漠，内心有慈悲

黄金的马车已经来临

黄金的马车已经来临
赶车人不知悲喜，时钟冷漠
大渡河上游深处的峡谷日渐灿烂
我更加空阔。你不在

我理解枯萎的忧伤
如山如阜，如冈如陵
天空是蓝色玻璃，大雁划出一线裂痕
杨树的黄金叶片一路铺展秋色

我是来自山外的人
体内有剧烈的地质运动
高岸为谷，深谷为陵。一切皆冰雪
我只能烧起一炉子文字，取暖

群星的幽光

群星的幽光映出峡谷的轮廓
一条流水的绷带，裹住岁月的阵痛
今夜，走漏的风声让我难以入眠
我在一根白发上踱步

姐姐，我什么都没有了
就让我们烧烤诗歌吧
黄金时代如童年的发辫一样消散
我从尘埃摸到最深刻的本质

折多河两岸黄金般的杨树叶已落尽
姐姐，你一直不在
　　闹市中的寂寞最寂寞
　　人群中的孤独是孤独

行者

一夜之间，秋风席卷草原
放眼，大地展开
时光以金黄小楷写就的檄文

我是托钵的行者，在汉语里问道
多么爱生命，这精致的瓷器
美学的昙花
不停留，独木桥也很美，远方在白云上

着迷缤纷的世相，旁逸斜出苦与乐
以温暖的痛感，轻触
一根白发的癌细胞

老年在体内扩散

那年

那年，我在石桥村的房梁上推敲暮色
用四四拍的悲伤
擦亮了一颗星辰
夜露中，延伸着藤蔓植物的触丝儿
逐渐长大的男儿，思谋着走出村庄
我的思想有三十三道弯儿
还经历了八十一个劫
在胸中
注入了闪电，肉身有了裂缝——
这生活赐予的，火辣辣的勋章

八月的牧人

八月，牧人带藏香味儿的手指
拂过金色的草原
铜壶携着酒浆，邀请
饱满的颗粒归家

光线的睫毛，扑闪紫红的脸膛
套马杆甩出光弧，套住
一匹昂首嘶鸣的雪山

牙缝儿间有钢铁
心下有柔情，手底生长的马匹
驮着高原、先祖和子孙
驮着他风雪苍茫的家乡

灯火吹开夜色的涟漪

灯火吹开夜色的涟漪

我在房中造一枚茧

腰上挂着词语的铃铛

风过时，没有挽留，也没随风而去

我爱上了不祥的乌鸦

我把人们的目光卷起、雪藏

月亮像意志坚强的图钉，将光钉在天上

我不会走远，只是围着一颗星辰打转

在诗歌的疆域

无处不家乡

小瑶曲

借我一只银碗，装一装月光就还

　　借我一根鞭子，驯一驯野驴就还

借我匹好马，驮一驮帐篷就还

　　借我一片草场，过完冬季就还

借我一双眼睛，看一看山丘那面就还

　　哦，姐姐呀，请借给我一颗心

这一世，就不打算还了……

铜

父亲说，铜，延续我们家族的血脉
铜锅铜盆铜碗
铜筋铜骨铜子铜孙

我一头扎进铜，饮用传统
我轻轻地敲着铜，呼唤先祖
这些响动，穿着厚厚的铜

我看着古旧的铜器
知道有些事情，已经一去不返了

青稞

青稞肥美，在八月裸露出
内心的黄金
天空多么蓝
可以洗一洗，体内的暗疾

我在桑吉镇。秋天正是火候
愁丝渐渐熟了
流连西域的汉人，尚需醒醐

让我做一只草原的驹子吧
在清晨走向清浅的水湾
母亲，我已年近不惑
我在清晨的水湾想念故乡的篱笆

雪落折多

上天的说辞纷纷扬扬
雪落折多，大雪洁白
修改欲望的车轮

十月，雪落折多
滚动的钢铁在雪花前静止
天上降下晶莹的禅意
众生没有参透

雪，如橡皮块儿，轻轻擦去
车轮印迹，这些乱写的笔画
蹚雪前进的人影
像几滴蕴含贪念的墨水

折多，洁白的道场
吟诵碎玉的经文

折多，巍峨的雪山
吟诵碎玉的词章

大雪，勒住内心嘶鸣的事业
在小酒馆，我用雕花银壶
细细品尝白雪的性格
和它绸缎一样晾在坡上的启示

面对康巴水墨，我留下的足迹
隐隐透出欲念
大雪的马蹄跑遍山岗
用出世的清纯抱紧自身

风，敲响月亮的铜锣
我在茶水中沉浮，斟酌上山时日
一块凡胎，企图靠近雪
而雪，在山顶，遗世独立

夜色中的村庄

落日漂染大渡河的丝绸
顺着季节的坡度靠近白发
我在纸页上豢养清水
倒映梦中的星辰

秋风点数枯草的金条
野菊花的纽扣儿就要被扯下
山果滚落草丛
仿佛重锤，敲击大地

顺着枯枝走向山脚
身后是轰隆滚动的夕阳
夜色中的村庄，一盏灯火
像南瓜花，孤独又灿烂

养一颗星辰突围夜色

涛声急切，荡漾过来的边塞
气温在唇上发裂
峡谷的夜晚，陷入冰雪
我在消化一处陡坡

惶恐的水滴
用思想捆扎四处流溢的肉身
在学院 A 区和 B 区之间走动
挖掘一盏灯火

多久了，在电子表格里挣扎
被人编辑的痛感溢出边框
豢养一颗星辰，突围夜色
让灵魂有光可依

河水终日潺湲

多少次，用脚步丈量大渡河峡谷的嶙峋
春风怯于陡峭，总是来得太迟
河水终日潺湲，近四月
一圈圈弥散的，仍是旧年的气息

也有枝节横生出来，打破冰雪的秩序
用一枚新芽儿
露出春天颤抖的神经末梢
一场细雨，让峡谷变得温柔

"一川碎石大如斗"。在石头的世界
遇见一株绿意盎然的野草，多么喜悦
在人烟稀少的西部
一个人迎面走来，是多么惊喜

春天，大渡河峡谷

光照的强度、角度和色泽
让山谷轻轻地战栗
不规则的光束透进墙缝
多么喜悦

开始呼应了
每个河湾，日渐丰盈
每棵草，体内春风浩荡
树液饱胀如同乳汁

枝上悬垂的雨滴
亲爱的，恰如你，多么清纯
半生离别和痛楚
一点一滴都是透彻的悟

横断山起伏，凹陷

暗合人生的曲线
面对有些事物，低下头来
不是屈服，而是柔韧

峡谷地带

如切如磋，如琢如磨
嶙峋和峥嵘是大自然的刀斧
打磨出的风骨

峭壁是万年换得的高度
盘山道，串起错落之美
左手边的壮阔毗邻右手边的风险

五丁开蜀山，边塞和都府始相连
川藏相交通
汉语和藏语越过重峦，握手

但又玲珑，雪山甩出水袖
环抱村庄。跳锅庄的少女
用柔情，弹奏海拔四千米的铁骨

大山的子民，用碎片的平地拼凑幸福

山高谷深，狭窄的地带

不允许潦草，要活出内心的宽敞

小村庄

省道如一根长藤
挂着村庄这枚果实。喝山泉，讲俚语

山间寂寥，生活陡峭
跑野的人，又把生意拉过了日角桥

一间村小，三两间铺子
方言戴着鸭舌帽，在旁指点棋局

山中日月长，黄昏从山坡上
慢慢滑下来，夕照像一条

黄丝巾，围在小村脖子上
磨菜刀的人，把一弯月牙，慢慢磨亮了

悬崖上的人家

谷底交给了流水
陡坡之上才是家园
不惧悬崖的人，把房屋挂上峭壁
像鸟窠，孵着日月和悲喜

在高处，他们使用云雾的纱巾
用羊肠小径把人间烟火带上去
用背篓把白云和农产品
背下来，接受市场的挑选

风有些大，一吹，日子便颤抖
他们用胆色压住摇晃
每天夜里，那些抖颤的
灯火，是他们升起的星辰

深谷

近午，阳光终于照临
金色的润滑剂加入日子的关节
等在低处的谷地开始生动
雪线之下，有嫩芽儿拱出旧年

一口深井放弃内心的寒凉
它甚至想在蓝天下荡漾一会
唤醒井壁安睡的事件
和阳光、云朵交流

山深哪，阳光只是进来坐坐
阳光走后，光影和回声流连了一会
大山便开始寂静
月光携着露水慢慢降临

在峡谷生活

大渡河上游深处的峡谷
是用粗线条勾勒的，大起大落
高，直入云天之上
低，恍入地心之下

高低之间，是陡峭的生活
人事的羊肠彼此牵扯
单调，无言，缓慢
偶尔，红白喜事说出悲喜

世间有准绳，心下有方寸
寒来暑往，山色更迭
有些苦痛不必说，山的夹缝
也溢出春色和月光

要爱上峡谷的地理和风声

开门就见高山

在峡谷生活，是需要境界的

胸怀要能容纳风雪和寂寞

你若来到高原

你若来到横断山区
就知道什么叫高峻
什么是傲骨
就知道什么叫辽阔和起伏
什么是男儿胸襟

怀拥深谷、万里草场和雪山
青稞酒浇灌出豪迈的气概
马背上的世界，生命如潮涌

你若来到高原
就知道什么叫清澈
湖水是一把尺子
测量世间的浑浊

雪山下的等待

月亮的光在草原上滚动

酥油茶熬煮午夜时光

杂木疙瘩碗镶着银边

青稞酒晃荡着浅浅的醉意

一碗一碗喝着高原风雪

大块手抓牦牛肉

有胡茬子的嘴，嚼着雪山旁的寂寞

古铜色酸奶桶发酵冷和空

土黄色藏香烧着淡青色焦虑

雪山上的风吹来寒意

牦牛驮出带露的黎明

太阳的金斗篷在草原上铺开

白云像哈达挂在山巅

神山下的海子闪动蔚蓝色裙裾

昨夜已是第九次月圆，那满月般的

面庞，何时才在草原尽头升起

登高

登高，携着内心的暗锁
一个被世界暂时松开的人
手握陈旧的日子
到山顶，打开胸中呼啸的田野

岁月失去弹性
有些力量弯曲了生活
人生的窟窿漏出了故乡
人到中年，还用竹篮打水

浩瀚和广阔穿过小我的针眼儿
有些身外之物如浮云
史书上荡漾的风云
皆如烟尘，被风吹散，连同我

有白发已经起义

我还有补丁

还在酝酿闪电和雷鸣

落霞迟暮，但是绚烂而高贵

光芒

临水，抚慰一片落霞
她正在缓慢地散开
春风斜挑于柳枝
树芽儿没有呼应，大地亦不梳妆

使者已经来过，冬不肯放弃王座
这草莽的江山，白雪仍是重臣
在大渡河上游深处的村庄
我的孤独，是高海拔的

雪的世界，太阳在冰柜里冷藏
而春，如同拍岸的水波
率领万紫千红的嫔妃，翻越二郎山
翠色逼近，枯草一寸一寸退却

我在谷底，坐拥八百里浩荡

春阳是金色的药剂，治疗枯萎
一枚草芽儿，乳汁开始丰盈
是的，有些光芒较晚，但终会到达

秋深

翻过祖母的蒲扇，就遇见了秋的美学
小山丘，穿着草裙子
几枚酡红的沙棘果，像摆动的钟锤
敲响秋天的铜锣

雨的针线
穿透厚厚的云层，纳一双老旧的鞋底
朝南方飞去的雁影
在离人的瞳孔烙出了一个小洞儿

雁群

雁群把秋天拉得高远
林中灌木，落光了叶子，一只鸟窠
仿佛高高举起的空碗儿

天空如明镜，倒映大地的空旷
季节的长袍拖过村庄
农人走向草垛，扯把枯草，回到牛圈

树枝呈现秋天干净的线条
一片飘落的树叶，像朵火焰
降霜了，上山的小径，渐渐冰封

暮色

因为暮色的到来，所有事物都柔软下来

嶙峋的山崖有一副陡峭的心肠，此时也显出几分慈祥

村路拐出的弯儿更加柔美

空荡荡的村舍，一直用寂静的尖角刺痛我

此时也开始用炊烟说话了

一片落叶捂住自身的轻飘，盖住一只孤单的蚂蚁

河水调低了音量，万物回归位置

大地静谧，仿佛某种神圣的仪式就要开始

北斗

把肉身夹进书页，用月光
　　擦洗内心的夜色
大渡河峡谷
　　孤独如刀口一样锐利

穿越山岭的小径，一根
　　拉不直的命运线
我在峡谷搭建乌托邦
　　有霜，降于草地

冬天来了，大风扬起枯草
　　寂灭，但还有筋骨
世事纷纭，校准航向
　　始终朝着光明的北斗

细雨

细雨，草色，边塞有微寒
六月的大渡河峡谷夹在书里
我在日子的留白处涂抹背影

精神承受了几枚火箭弹
靠把玩一座孤峰，疗伤
我在呼喊，一直没听到回声

活在文档里，被数字囚禁
经济狂欢的时代，肉身至上
我沉思的烟卷显得另类

阳关道有阳关道的风景
独木桥有独木桥的韵致

上山

把世事的绳索放在谷中
踩着光线的钢丝，上山
它缥缈，细小，在云雾间延伸
摇晃的身躯，泼溅出的哀愁擦伤了
草木，脚步拖动地心引力
瞳孔盛装高处的光芒和虚幻
我渴望一粒药丸，也怀想
梦的草坡，那晃动叶片的药草
用罐装的知识，破译生活的密码
给我缰绳，我要套住一匹山
让它听从我意念的驱驰
给我悟性，我要解答落霞的难题：
晚霞在散开时，为何如此从容

叩问

沿着河边，一块一块叩问顽石
浪花的回答闪烁其词
一些经冬的痕迹，仍在提示着旧日
即便新生代的柳枝开始描画眉毛了

那匍匐在地的虫蚁、尘埃
是我所喜悦的，它们的悲伤
是大地上闪闪发亮的黄铜
那小小的木桥是我所喜悦的

每道光影，每片逝水，微生物
和天体……形成自足的结构体
我听懂了一枚嫩芽儿的说辞：
用光照耀，彼此相爱吧……

仍旧是美好的

草原收拾起经冬的枯黄
改用新嫩的绿色来陈述
在三月的阳光里晒着，我也有
想要发芽儿的感觉

分别是伤心的，但可以思念是好的
离开时，瓦罐种下的蒜瓣儿
已抽出长长的绿秧
它修长的腰上住着澎湃的春天

季节又一次在眺望中饱满
每个枝节，都洋溢着雨水的丰盈
见风就长的日月
偶有阴影，仍旧是美好的

薄暮时分

薄暮时分走过铁桥
一只书虫，出来透一透空气

垂柳的拂尘打扫流水的心事
边塞已经抽芽儿，一天比一天茁壮

吹过鬓角的风，带来春天的润泽
万物都在刷新，连一块石头
也具有了不同的体温

对岸灯火通明，只有我的房间
呈现出一小块黑暗

激荡的春色也难以遮掩一小块黑
那内敛的孤独，在逐渐膨胀

光

这是冷色调的季节
龟裂的树皮，国道形成弯弧
《雨霖铃》系在柳树上
草坡滑下宋人的慢词

在大渡河峡谷，春天慢三拍
零下五度的气温，推迟大地返青
嫩芽儿潜入草莽
而冬天仍有江山

我在暗夜里打磨自己
用耐心，按住内心躁动的想法
在文字里，酿造春风
光，是磨难后的结晶体

登山记

把人事放一放，到山上去
群山翻滚翠色
在最高的峰尖上，独立
山风轻吹，送来世外的草香

大渡河懒洋洋
像蚯蚓，拱着尘世的土层
有几分怆然，这高处的闲云野鹤
今日始见

暮晚，风声被寂静放大
山下，小屋用炊烟呼喊我
夕阳是个卷轴，我拉扯着一匹晚霞
下山。有几分泫然

寂静之诗

寂静，默然。柏油马路在茶水中沉浮
从渝东南到川西北
钱夹有五千瘦瘦的汉字
我不停奔跑，拆掉内心的栅栏
裂变是后来的事
哎，真是沉寂啊，从不向人说起
在时光茶楼，静默的午后
眼神儿打开忧伤的弧度
窗外是时光中的过客，不停书写和生灭
若潮的起落，呼应着群星的明灭
"我们都是时间的弃儿"
已是千疮百孔，还有离别的汽笛
柳岸边的捣衣声又瘦了
一枚词语，被一个漂泊的人把玩过
就太沉重

阅读孤独

星辰的夜宴，我在陈述孤独
这是残酷的事情
剥离一层一层面具，露出孤独属性
多少颗心灵，在呼唤倾听
抵达一个人内心需要多少朝代
包装过的声音损害听力
一只耳朵在时光之途匆匆奔跑
寻觅可供聆听的声音
一句话说出，要多少世纪才能找到
对应的耳朵
我开始理解一本古书的孤独
《诗经》《楚辞》《唐诗》《宋词》
一条孤独的河流穿越时间的隧道
呼唤倾听和理解，每一字符都是
孤独的结晶体。阅读线装的古书
就是在阅读古人和自身的，孤独

向日葵

有颗草木心，风中摇摆，但从不失本真
追赶太阳是它的命
被季节收割，也是它的命

在旷野，能听到向日葵赶路的声音
一身露珠，心事透明
路径被设定，怒放和陨落都照规定

梦很朴素，也不高，带有草木的性质
无非是该开花时淋漓尽致开一次
该结果时，酣畅痛快结一回

镰刀已经磨快，等候多时
但它还是用花朵说出爱
并在秋天，捧出内心的珍珠

清水洗心

推开围拢过来的言辞
用酒杯，碰撞出一阵涟漪
你的钻戒如你的谈吐，很辣很刺眼

你在酒场上开掘阳关道
我在书桌上过独木桥
自有考量，各有命数

我虽草莽，但不至于和你上梁山
你喝你的五粮液
我啜我的二锅头

送你一碗清水，可整衣冠
可洗手，顺便
洗洗心。松开，就会拥有辽阔

火种

春风是位好脾气的工匠
耐心打磨油菜花的金瓣儿
走出职场的峡谷，到旷野
欣赏辽阔而丰富的山野曲线

灵魂接住阳光的金子
牵一朵白云，在田野奔跑
俯身，和草叶交谈
用柔和悲悯的目光进行灌溉

受够了急转弯和表格上的曲线图
今生最大的事业是在流水上刻碑
多次撞过南墙
在世间，坚持研读人性的天书

相信竹篮也是能打水的

不用荆棘、包装纸和马赛克

用真诚和良善同万物对话

我的笔端还保留着热辣辣的火种

火焰

一直爱着一处陡坡，一级一级
攀登括号、省略号、书名号
根号……翻越天梯般的方程式
就到了仰望之地

大地上有太多的马赛克了
还有乱码
窟窿眼儿都被修整过了
由堕落而高升，彼此秘传反向行走的秘术

我决定不放弃我的硬度
在沙漠中走了很久，有些虚脱
但还存储了一点热血

熄灭的火焰可以重新点亮
用骨头打一井，浇灌道路，和人心

仿佛从来没有过阴影

推窗，原野的清新随风而来
我掉进一滴露珠
被透明和清凉包裹

被阳光抱了又抱
村路是美的，它的弯曲让人迷醉
晨雾亦来，与山耳鬓厮磨

丝瓜用触须，在瓜棚上写绝句
河湾儿心平气和，放弃了咆哮
一切纯净、明朗，仿佛从来没有过阴影

匠人

案头江山，一粒一粒碎银
在深夜，敲打大渡河的涛声
一丝银亮的情绪在缠绕、延伸

企图数着羊群入睡
但一位杰出的匠人
需敲打细瘦的夜晚直至天明

祖传的绝技在案台上摩擦
夜露和弦月，让游子有了几分凄凉
哎，风来时，请用图钉将我别住

你一定在世界的某处
睫毛，酒窝，最轻的呼吸
让我感觉你，并允许我思念

深入

沿着一盏渔火，深入河流与祖先

深入历史的重负，腐殖土和骨骸，痛感的旋涡

沿着春天的脉络，深入一株芨芨草

深入它带火种的细胞、秋天、枯萎和灰烬

沿一只水瓢，深入乡村，深入它的倾圮、颓败

深入时间，它的残酷、虚无和摧毁的本性

深入一本古书，它的灵魂，它的抗争和徒然

多么留恋花朵的娇颜、童年的南瓜马车

和你的青春，每一次深入，都是难言的悲伤

迷宫

事物的搭配是必然还是偶然
猜不透，你脸色对应太多的所指
这复杂的系统，结构纷呈
如何理出一条符合规则的道路

冬天来了
太阳，这金黄的齿轮移至南回归线
我在北方的茫茫冬夜开凿运河
炼字取暖

意义在物质的狂欢中沦陷
我的头颅是熊熊燃烧的火球
雪夜，我正在过文字的独木桥
精神的兰花在古籍中散发香味儿

哎，就要老去

仍然痴迷于这庞大的迷宫

爱一滴露珠的宇宙

和天上星辰，这些闪光的谜语

罗盘

内心有起伏的沟壑

喧哗和骚动之间的空隙

一枚苦丁茶，在人间的沸水中静下来

　　散开味道和思想

紧追或慢赶，虚实或张弛

去日不可留，今日多烦忧

人生之棋盘云遮雾罩

　　白发的火把已成燎原

变质的春色，扭曲的刻度

蜗牛正跨越人间的峰峦

空中栅栏，阻隔翅膀

　　人生散发黄连的苦味

浮世苍茫，请带上灯笼驱散瘴气

胸中有罗盘

人生的秤杆上是词语的准星：

克制、怜悯、同情、自由和热爱

问

太阳和月亮是自行车的
两个轮子，星子是古老的铭文
我们热爱，痛苦，拥有和放弃
终究要去向何方？

大地摊开手掌，阡陌纵横
错综复杂的掌纹线
我一根一根地叩问，一条一条地
探索，人生的密码如何破译？

晚霞的流苏，四季的花朵、落叶
露珠，奔忙的蚂蚁，红颜和诗酒
众生如此美，夜色来临
在风里，我为何如此悲伤？

黑发匆匆奔跑成白发

尸体、泥土、花朵、贝壳、海浪和天体
一根链条将它们串联

世界因为神秘而美，流变的形态
让我心如明镜又悲伤
亲爱的
在不息的变迁中，怎样认出彼此？

浩瀚宇宙，一切运转不息
密布的群星是宏大的齿轮
从无到有，从有到无

生就是灭，灭就是生
生灭不息的运转
我是起点，还是终点？

午后

一块菜花田，被我捞起来
它在琐碎中掩埋久了
偷闲的午后，肉身被一朵
野花劫持

山路上，走着多情的少年
拄着手杖，攀登崎岖的爱情
更崎岖的，是世态人情
金钱是黏合剂，粘住轻薄的尘世

沿着一根稻草前行
这么多年，一直吊挂在句子上
多么希望
有人轻轻将我摘下来

春日

阳光给油菜灌注金色的汁液
有些骨朵儿，开始描绘睫毛了
蜘蛛在蓝天下抒情
写出晶亮的诗句。一丝不苟

一根树枝，抽出耳朵，临风听雨
大地软下来
捧出颜料盒，用春雨调制
或浓，或淡，勾勒季节

万物交头接耳，梨花
携一壶春酿，小路窈窕
有人修理篱笆，用细绳捆扎春天
出远门的人，内心一片葱绿

早春

她赤脚踩过早春的露水
陇上桃枝，已开出内心的花朵
晨雾飘忽，山水的心事
若隐若现。种下的豆苗
已有几根青藤，在缠绕、攀缘
藤丝儿，像引火线
菜地多好，野草多好
养下的几只小鸭，多好
你不在，我，过得多好
一整天，春风像个浪荡子
挑逗春心和泪腺。一口深井
微波荡漾，丁丁的陶瓶垂下
向晚的烟霞，过于灿烂
再抬头，梁上月
细腰，已不及一握

峡谷之春

绿色还很稀疏，三月
大渡河峡谷拖着冬天的长袍
两山对峙，逼仄的人间
世事有些陡峭

风，一再擦拭陈年的锈迹
三月，峡谷没有繁花与秀草
浩瀚的天穹略显苍凉
几枚草芽儿缓缓溢出春意

我在峡谷，向壁而坐
用长句剔亮内心的灯盏

清明

被细雨修饰的节气长出青草
沉睡的先祖被唤醒
着长衫，拄拐杖，带着药罐……
在族谱上行走

生和死，在这个四月对话
先祖们没有消失，只是交出了肉体
作为根而存在
我是他们留在人间的枝叶

墓碑接纳了哀思
被人世磨硬的心，在雨水里软下来
变得敬畏，虔诚。先祖说
一方土堆是我们最后的归宿

四月的集市

樱桃已经打扮好了，来到集市
她们是山上人家的公主
在四月里准时出嫁

沾着露水，仿佛曾哭泣
有的还带着小片叶子
那是做嫁妆的绿纱裙

身体里有荡漾的甜
也有无法说出的苦涩
她们从贫瘠的坡地下来

等在街边。过路的人啊
你要买一捧劳动的结晶体
别让她们在风中枯萎

五月

用颜色和曲线描摹大地的锦绣
五月，风中翻滚生命的热烈
柳丝描眉，腰肢娉婷，拥抱阳刚的河岸

大山深处的村庄，被一条流水拴着
太阳金色的丝织长袍拂过横断山脉
五月伸出手，将泡在冰水里的村庄拎上岸

山高，风大，阳光被吹歪，歪斜的角度
带来阴影。龟缩在汉字深处的人
打着内心的灯笼，用骨头里的磷火来热爱

有条小路弯曲久了，借五月的光挺挺身子
有些书虫，必须出来晒一晒
异乡人，在五月里用文字造梦，刻墓碑

深秋的夜晚

静极。夜色里的情绪
漂浮在茶缸
万星俱隐的天幕
我思念两颗遥远的星子

来叩我的窗棂吧
不要管那些落叶了
通往南边小溪的路上
又多出几抹青苔

我爱那些溪流
沉静中不乏活泼
我爱那些枯草
凋零中藏有生机

恰如高原的空气

睡眠如此稀薄

一个在文字里隐居的人

把玩夜晚，直至天明

秋日沉思

深入落叶，才能把握秋天
就像进入白发，才能领悟生命的真谛
果实印证生活的美好和我们自身的
力，而万物零落让人深刻

大渡河上游深处峡谷的秋天
有柿子亮出红彤彤的灯笼
娉婷的草一律改换黄色的旗袍
草木举行最末一次峰会，雪就要来了

秋天具有精致的形式：起伏的
山脊线，斜坡上的光影，一茎枯草
折断的角度，连同阳光散布的多棱射线
多美呀，即使它有美人迟暮的内蕴

亲爱的，凋落是庄严而盛大的仪式

是生命趋向完满的必经途程

拥抱吧，就像柴薪拥抱火焰

像露水拥抱阳光

秋日

雾霭牵动了情绪

天净沙荡漾过来，在天涯

流水悄悄瘦下去

我人生的主题是离别和眺望

不提戴面具的口号

我改用沉默面对秋月的快刀

大渡河边

用减法让内心圆满

为何难以入眠？

枕上是白发的针尖

时光的激流浩荡，我们是

泼溅出来的水花，被尘土吸收

干旱时节，我只需要一点荡漾

秋阳如同暗下去的灯盏

只有词语是我的救赎

我与词语反复磨砺，直至有光

秋之交响

大风吹卷，夕阳溢出秋色

道路摇摆

我在羊肠，落叶纷飞

诱惑和伤害我的是细小的结晶体

黄道带密布群星的泪滴

十二天宫，永恒的悲伤密码

不说孤独和离愁

季节轮转，一切在风中散开

母亲，在秋季日落引发磁暴

密集的神经网络都为你运行

一根白发将我压垮

在你皱纹的沟渠，我差点淹死

陨石穿透心境的大气层，直击命脉

故乡、亲人和远方，撕裂的躯体
色彩在使劲儿，发出炫目的光
我听见穿过栅栏的风声

没有我，我不构成缤纷
只感锋刃寒凉，车轮声声
月亮是枚饱满的卵
情绪的湍濑，直下三千尺

故乡、石桥、瓦房和篱笆
覆盖繁霜的梦境
手上青筋，纵横如岔路
罩我，如天球赤经和赤纬

大河滔滔，我是漏洞的船
停靠词语的岸边
从乱麻中理出罗盘和药方
把故乡和旅程涂上一抹亮光

秋之私语

秋水清明，硕果坠弯的枝头
离愁饱满
两山的青苹果已进入集镇
又一度秋风
带来秋月的弓弩

可否有山外来客
置轻描之素签于顾盼之信箱
被风雨消瘦了的容颜
需再度丰盈
无酒，有茶，可抚无形之素琴

高空鹤唳，千重山峦落日下
河水流金，万丈红尘晚霞里

如是明媚秋光

对壮丽山河及秀雅山岚

吾亦喜亦悲

大地辽阔，何为永恒？

吾辈活着，老去，化为尘土

冬日

千山落木，残忍的枯枝

恍若时光之筋骨

百鸟的琴箱停止演奏

冰，给流水的嘴唇贴上封条

雪山横亘胸间

一切实体正在虚化，影子的世界

只靠记忆的游丝找到坐标

你、我、他，只是亡者的墓碑

春生，夏长，秋收，冬藏

大自然的律令万物臣服

且坐，看茶，让深陷皱纹的思绪

慢慢浮起，看落日下山

十二月

十二月，大山是闪亮的镣铐

草木布满虫眼儿的一生埋进土层

流水的绷带越来越瘦，裸出乱石的肋骨

峡谷之人，眼神儿暗含雪意

需要三钱回忆和感伤点起篝火

三缄其口的人，未过内心的独木桥

时光的暴力美学，就是不断

摧毁和重建，死亡与再生

谁能逃过皱纹之围堵？所有翅膀

患上骨质疏松。西风过处

无草不枯，无木不萎

谢天谢地，上苍分配给我

一小截时光用来疼痛

整整一个下午，被一枚词语压在纸上

月亮升起，照着故乡，也照着异乡

雪原

蓝色穹窿下是雪原，雄鹰翼翅生动了天空

这世间，不是琼楼玉宇

是肌体、筋骨与魂魄之锤炼场

雪地牧马的背景是世界屋脊之极寒

雪山伟岸之隆起高举精神之海拔

空气稀薄呼应信仰之浓烈

朔风卷起雪幔，冻泉边的毡房

流动伟健之力，生之图腾

雪原之下，不灭生命胚芽如潮涌动

牧马的汉子，皮鞭甩出火光，滚动天涯

深谷蹿出雪豹和灵狐

藏羚羊秀美的曲线，带着高原奔跑……

我如参悟的行者，一抹流星之幽光

聆听生死之惨烈与静谧

今夜，在世界第三极

在世间之苦海，不忧伤，只慈悲

草原之夜

藏獒是草原上的王，拴马桩的王座

眼珠的黑宝石闪烁，苍凉又坚韧

露水的恩泽，夜空有不可触摸的秘密

一天星斗，是祈福的酥油灯

我胸怀不可度化的孽障

我在淡紫色的瘴气中，梳理

体内天蓝色的海藻。我有纵横的岔道

漏洞和各向均质的孤独，恰似

草原柔缓的线条，在起伏，荡漾

血液中仍有南国的渔火

葡萄藤爬满篱笆，像绿色的河流

在草原，我愿意是善，是爱

只是时间的刀光一闪，还会被系缚吗？

用肋骨与生活对话

一枚纽扣儿，在和生活的撕扯中
已经掉落，几粒火星
也在衣服上烧出小洞儿

茶几上，一根香蕉展露精致的弯弧儿
像孤独的金黄小舟在海上航行
失业好久了，他一直在堵生活的漏洞

没有向烟卷儿和酒精投降
用酸疼的腰、结茧的手掌，证明骨头
的硬度，他一直用肋骨和生活对话

起了小南风，田垄间幼苗儿开始生发
冬天被他推得稍微远了一些
朝阳升起时，命运似乎稍稍低下了头

深夜的王座

一只水罐，在深夜里打翻

四处流溢的肉身，如何收拾

全世界都幸福地入睡

只有我，找不到睡眠

窗台上，月亮拖着银披风

大渡河水，在灌溉群山和夜晚

是谁在宋词里打更

八百里快马，追不上物价

我把生活过成了一锅玉米糊

柴米油盐，暗藏惊涛和世故

黑夜需要太阳的药丸儿

我需要一只懂我的瞌睡虫

无眠的深夜，我在孤独的王座上

揽着诗歌的细腰，直至天明

河边

喜欢静静地坐在河边，目送一朵浪花
在地平线消失，奔赴命定之地
喜欢薄暮时分
河上一片空蒙，消弭了我的肉身

消弭了肉身的我，临空飞起，注目尘寰
我平庸的生活，也被波光辉映着
那些大疼痛，小喜悦
在暮色中渐渐清晰

这么多年，我在河边看它奔流，像无尽的悲伤
也像无尽的爱
身披夜色的人沿河走过，怀抱村庄和灯火
每当这时，我的心就会不由自主地颤抖

拉二胡的人

琴弓搭在日子的深巷上，摩擦
拉他比纸薄的命
悠长、悲切、丝丝缕缕的痛
飞扬、低徊

这个盲人，用弦索诉说
用音符抚摸人间的坑洼，一把
历经风雨的琴，三十年走街串巷
冷和暖，都用琴声收藏

一抹黑的世界，拉出了悲悯和星辰
躬身坐在地下通道
身影像一把琴弓
搭在命运的琴箱上，拉着人间冷暖

坐在石头上

在路边一块石头上，轻轻坐下来
他一直背着妻子和母亲的病
此时也放下来，搁在脚边

四处漏风的身体，岁月在上面磨刀
仰头，乌云冷漠。打火
用一支烟，抽他的肺部

是什么一直在心里刺痛？
一条路，眼看就走绝了
中药、西药、民间偏方，都无力

内心过于沉重，石头都被坐疼了
大风过境，房梁摇摇欲坠
他必须用中年，凶狠地撑着

一灯如豆

一灯如豆，从电子表格
脱身的肉体
在纸页上打捞魂魄

修整文字的菜畦
养一只小狗，养风月和良心
放一缕炊烟和白云相会

而东南风已逝
大渡河峡谷，秋凉了
灯火透窗，映照落叶和青苔

是谁在使用我？
一块儿橡皮擦日渐销蚀

落日孤悬

落日孤悬，远未圆满
318 国道曲折
一条鞭子，抽打人生的陀螺
大渡河水，又在朗诵秋天了

梦的调色板
在方寸之地，经营江山
异乡口音和残月，纸上薄薄的春秋
叶边滚动露珠的惶恐

一生都在拆除栅栏
摔倒时，光线伸出手，将我扶住
有伤，可以哭泣
但拒绝交出骨头

等光的书虫

星辰隐退，书页惊魂不定
酒杯压惊的深夜
杯盘间走漏了风声

词语积雪多年
案头种下的路途，并未抽芽
水波荡漾心头的隐忧

开启良夜的钥匙已经锈蚀？
理想国埋进世间的炉灰
慢慢烘烤

一双大手，在细细打磨
地球这颗圆球
我不过是，一只等光的书虫

石头

流水一直在打磨一块儿石头
用阴性的柔软克服阳性的棱角儿

一场在时光隧道中展开的拉锯战
石头的尖锐，一点一点软下去

阴柔的事物，有的是耐心
和时间去磨掉一块石头的锋芒

石头支棱出的个性一天一天被磨去
直至它，安于所在的位置

一块儿被磨去脾气的石头
如果硬碰硬，也会闪出火花

雨中的树叶

一片树叶，被风雨掀翻
小小的身体，捂着绿纱裙
摇荡的姿势透出惶恐
飞走意味着夭折
用全部身心，抱住枝头
哭泣被风声冷藏
呼喊被大雨拦截
聚集柔弱身体里所有的韧性
汇聚飘摇生命中全部的力量
迎接风雨的击打
肌肤撕裂了
还断了几根肋骨

风雨过后，它还在枝头
紧紧抱着自己的命

野马

山洪裹挟着泥沙

渴望奔跑的力，冲进河道

河道是一根缰绳

山洪昂扬激流的马鬃

张扬浑黄色的个性，嘶鸣

水的肌肉冲撞着堤岸

横跨河岸的石桥，像块铸铁

它扬起蹄子，一脚踢开

它想拖着河岸奔跑

它的自我被冲淡、稀释

野性终于被导入河流的弯道

岸是沉默的，但产生了效果

一股原始的力量被驯服

顺从河道的曲折、狭窄

也有不甘心的浪花，逃到岸上

但死在了泥滩里

一匹野马，终于安静下来
缓缓流淌着清澈的孤独
悲伤如此平静深远
被驯服的隐痛从来无法说出口

邮件

父母寄出我这个包裹，先是在重庆市
石柱县永丰镇三和村高桥组
两间瓦房的邮筒里，待了一段时间
接着，邮递员把我送到学校这个中转站
后来根据一张考卷，把我分配到水田里
而目的地还远，还得在路上颠簸
露水、风尘和折磨都还没达到预定标准
绿漆邮车，经过村庄、稻田、商业街
经过童年、少年、青年、中年、老年
起起伏伏，每到一处，都被人挑挑拣拣
转运途中，有些光熄灭了，有些黑
积淀了下来。一路上还有很多磕碰
肉体的封皮磨烂了，裂缝漏出疲惫
终于到了，收件地址是墓园
在墓碑上签过名，就被大地领走了

高处和低处

山尖最先接住阳光递过来的恩泽
然后，幸福缓缓下移
山腰植物伸出手，拦截了一部分
阳光已经有些旧了

受光照最少的是山脚的野草和蚂蚁
它们最勤奋，生活的阴影最浓重
它们相信阳光的诺言
一生都在等待阳光从高处漏下

下雨时，山尖通过它掌控的斜坡
把雨水卸给了山脚
低处的生灵，除承受自身的雨水外
还要负担高处传下来的重量

亮光

需要这样的安静，修改一对翅膀
需要用尽孤独，保存心上的一点洁白
需要用利刃，裁切波涛的骚动
让我的孤岛，永保止水

无须惊慌，最漆黑的时候
亮光就在反面
一块铁，也会有温度
也会有情感的触丝
让一座火炉，变得足够亮堂

风一丝一丝，在剥冬天的茧
河道就是拿来汹涌的
生命就是用来攀登的
勿惧怕一块顽石，在阳光的抚摸下
雪山也会涌出感动的泪水

家园

被月亮牵引的潮汐
搬运粮食的蚂蚁，盲目而坚定
我遵循神秘的指引
走向季节深处

大地的河流
青草扯起绿色的帆
我是朝天擎起的一支火把
是大河的一个涟漪

古老的夜色之网，撒向银河
挂着星星的贝壳
我是一个潦草的汉字
走过露水的田野，寻找家园

哦，家园

蓝色的篱笆绕过蓝色的菜园

家园就是母亲

母亲的脸颊，围着皱纹的篱笆

那时

下着小雨，竹叶上滚动晶亮的水珠
黄昏从窗玻璃上慢慢滑下去

妈妈生起柴火，烟在灶屋弥漫
锅和铲子相互摩擦，轻声细语
她耐心翻动一块玉米饼
爸爸从外面回来，雨衣湿漉漉的
手拿一把鲜嫩的韭菜……

那时一切都很简单
我青涩的童年，还没有灶膛高

冬水田

田埂做成镜框，那块镜子
嵌在山顶，云朵到水田玩耍

下秋雨的时候，父亲就
堵好缺口，把雨水关在梯田里

牵着牛，扛着犁，踩着山路
走向水汪汪的农事

赤脚踩进水里，犁铧雪亮
切开旧年，翻动来年的收成

星空灿烂

夜色渐渐浓稠
母亲担着水从田埂走过
拖动一片蛙声

扁担弯成弓，田埂构成弦
母亲像搭在弓弦上的一支箭
就要被射出去

一个烟头走过来，那是父亲
默默接过母亲肩上的扁担
头顶上的星空无比灿烂

父亲的村庄

顺着一根瓜藤，摸回故乡
用高铁把父亲接进"鸟笼"
城里不种庄稼，种商业

门对门不认识
走过路过也不招呼
水泥地板不及乡下的土屋暖心

想念宽大的玉米叶子和狗
想念在禾苗间寻觅野草的锄头

把故乡装进三个瓦盆
一盆栽玉米
一盆栽豇豆
一盆栽向日葵

父亲在城里种他的村庄

和落寞的晚年

念

格桑花摇曳了高原，和草上异乡

岁月煮在酥油茶里

牦牛驮一轮红日

草原如纸，藏绵羊抒情

涟漪着一圈一圈边地风物，和轻寒

故乡已铺开稻田的绿长袍

绕过村庄的小道，拴住时光的腰肢

房梁上升起炊烟，乡愁扶摇而上

你手中的细花瓷碗，端着离别

故乡是一朵豌豆花，别在你多发的耳边

日历越撕越瘦，草梢上摇摆的岁月

陷进皱纹，白发探头

黄昏贴上唐卡，落日是一方印泥

戳在青稞地上，一碗青稞酒

喝下故乡，喝下星子闪烁的高原长夜

而一条归家的路，在手上握出水，没发芽
寄一片雪花给你，这思念和孤独的信笺
想柳树下，一小片阴凉，躺于你掌心
一小片阴凉，是我一生的爱
于你掌心融化，融入你的一生

怀抱一本书

这是一场命定的相遇，轻轻褪下书衣
有的苗条，有的稍显丰腴
墨迹吐露的心思透过瞳孔深入灵魂

打开，或者轻轻合上，都会引起涟漪
在我的小屋，我用思想捕捉它的心跳
也把我的热血和良心交给它

如此内敛，把意义收缩进小小的字符
沿着一排排句子抚摸过去，感受温暖
智慧、价值、秩序和情感的曲线

纸上有高山、峡谷，在结构的森林里
探寻每一条脉络和源流
我也从中吸取光芒，补充日子的黯淡

一页页翻开生活的断片

在台灯下展开散发着墨香的人生密码

让一个人的夜晚，有了起伏和声色

书籍在深夜里是如此妩媚和缠绵

多么寂寞，又多么幸福

怀抱一本书

保鲜岁月

你在山外，我在山里
两性的结合，让我们沿不同路径
雕刻共同的理想
两个流浪的人，用汗水
喂养商品房
这时代，人生是借来的

亲爱的，没有你的山谷
春光过于明媚
浩大的空阔将我吞没
工作是一把冷酷的切刀
我们被分割成，两个人形的孤独

我有足够的耐心，烧旺炉火
还有上乘的保鲜膜
给每一寸分离的岁月，保鲜

送别

乌云还在讨论，要不要来场雨

窝窠边的鸟夫妻，正给子女讲童话

一条绳索在拉扯，你发动了引擎

以时速八十公里离别

留给我，大渡河峡谷剧烈的温差

我用一条公路牵挂你寄居的城市

从此，横断山区和武陵山地产生了关联

从此，大渡河开始相思嘉陵江

两根在人间扒食的竹筷

一根儿在重庆，一根儿在康定

你盘起了头发

在十字路口，我遇见了谜题
我看见的月亮，总是被一层薄云包裹
花瓣，语言的游戏，还有一根纠结的衣带
在一片雾中，有些找不到自己

你盘起了头发，那真的很美
你细步走过水边，静止的水罐开始荡漾
你衣角拂过的地方
有春风，也有暗中的哭泣

一直在磨砺一把钝刀，我要用它
斩断乱麻。一个词语错位了
骨裂的痛感排列进句子
书和果园，都有些肿胀和感伤

星辰

微信推送给我一颗星辰
我用夜色兑换它温柔的注视
它在基古山顶
用光芒，触摸我内心的纹理

每夜，我都把孤独敲得很响
吸引它的注意
我已经向它敞开，情绪的沟壑
脚下的羊肠，开始获得意义

人间的大书，我只是其中的
一个词语，处于被动结构的位置
多么遥远，无法触碰
它只静静照耀，让我喜悦又伤心

无题

夕阳是枚按钮，随手轻点
白昼就关闭了
只露出月亮，这人生的二维码

和文字来一场感情的马拉松
喜欢偏旁，修长的腿
喜欢书页上，澎湃的思想

不吃饭，吃口水
面包是累赘
我们选择住在白云上

爱得一无所有，也浪漫
只剩下，一支笔，这是我
唯一的，一根肋骨

无题

春天是写意，大渡河的水墨
草色有无中
一支巨笔以散锋点染桃红

夏天是油画，颜料在柳树上
泼洒出弯眉
心事和流水一起肥了

秋天用枯笔
几抹暗黄，一条瘦水，两山夹住的
是寂寞，是逼仄的人生

至于大渡河冬天的况味，夜风会告诉你
风一吹，透心的凉啊
心，就从川西北到了渝东南

无题

一滴悲苦的露珠承担世俗的重量
怀揣救赎的渴望，走上羊肠
那端，是彼岸和止水

能放下的放下，不能放下的也放下
溪边听蝉，檐下读书
有时用竹篮打水
用一间茅屋，盛放山风和睡眠

入世亦出世
不剃度不戒色不戒酒肉
一生供奉人性的金刚、美学的如来

无题

我总是坐在谷地思考人生
它有时是熊掌，有时是鸡肋
剖开阳光的表层
是冷色调的内心
一粒尘埃的心思小到可以忽略
一粒尘埃，独自负担它悲凉的
内心宇宙。努力向阳，向善
医治灵魂的贫穷
在辽阔而寒凉的世间
用精神的烛火取暖，添加动力
向往家的港湾
而航向终于被扭转
被时代剪切
粘贴在月黑风高的大渡河峡谷

怀念一个人

一颗倔强的露珠，在药丸间滚动
轻薄的肉体终于要消失
炭火就要燃尽，灰烬已蔓延至额头
放光的过程是幸福，是灿烂的痛苦
汤药味的人生沿时间的坡度缓缓下滑
病房外，太阳像颗营养不良的刺球
一朵鲜花，在求医问药的途中，败色
生命是一艘破船，疾病不停冒进
欠费单、梦、肿胀和绝望，与水煎服
贴满处方签的一生，吊着沉重的药罐
被吊瓶拖上病床……你属于药草
属于疾病，属于凌晨呼啸而来的
救护车，和小小的骨灰盒……

与友人共饮

说好的，不提离别，不许有眼泪
不让体内的礁石，浮出水面
不提放逐，在新世纪，放逐
被赋予新的形式和意义
风多好，异乡的背景，夕阳正落山
这酒瓶，多好，像一粒止痛的胶囊

2017 年 10 月 8 日别成都

伸出手想要抓住

成都往后退去

柏油马路像传送带

越来越远，你逐渐成为天涯

花一生的时间向彼此靠拢

但我们只是

两颗互相牵引的星球

在日落时心碎

可以哭泣吗？

秋色缤纷如许

一枚落单的齿轮向川西北

再痛，也得随时代滚动

我们都是安分的公民

在隐秘的压力下望穿秋水

踏着噗噗的落叶

把希望放在明天

已过无数重山峦，风物渐变

升高的不仅是海拔

我是如此空虚

却又被你充满

每一颗汗珠都滴落在祖国的山川

我对祖国的爱，绵密，有多种形式

当我低头耕耘的时候，对你的爱

凝聚在一枚小小的麦芽儿上

或者是在被勤劳磨亮的木把儿上

当我朝远处眺望，我的爱像肃穆的群山

和汹涌的大海，有九百六十万平方公里辽阔

当我坐在高铁上，凭窗远望俊美的山峦

民居、竹丛和镜片般的池塘

祖国，我的爱是一只飞速滚动的车轮

想要靠近你的心脏

走进教室，我的爱就是一支粉笔

慢慢磨蚀，兑现粉身碎骨的诺言

每个土豆、每粒大米、每颗盐粒都是祖国

我浩瀚的爱，注目长江、黄河

东海、南海、拉萨、长城和故宫⋯⋯
我在祖国辽阔的大地上行走，春风浩荡
我以一枚螺丝钉的姿势
将每一颗汗珠，都滴落在祖国的山川

汉字之恋

无法测度一枚汉字的深广
小小方块，几千年深邃和雪亮的传奇
一枚汉字，内蕴长城的烽火
大河澎湃和小溪雅正

由甲骨文而金文而小篆而隶书而楷书
汉字的演化中有刀兵之声
一个偏旁脱臼，我感到汉字的痛感
面对暴政，多少汉字揭竿而起

陶醉在汉字一笔一画的深刻里
《诗经》用中正平和的音调在夜里喊我
历史的纵深，汉字的骑兵冲开黑夜和蒙昧
引领一个民族不断接近文明

一枚汉字如一口深井，滋润古老族谱

血脉从汉字延伸

经过朝代，直至我

我是被汉字书写的人

耗尽一生和汉字恋爱

用汉字缝补裂缝，悲伤时靠在

一个部首上哭泣。一切过后

我的白骨，是我写出的，最后一个汉字

一生热爱会飞的事物

在山区，落日时分，我经常看到叫天子从树枝上起飞
朝着山峰，飞向夕阳的金轮
而我，踩着尘埃和青苔，久久伫立，目送着它们
我一生都热爱这些会飞的事物
哪怕是灯蛾，不顾生死，飞着扑向光点
似乎蒙昧而愚笨，向光的本性会让它们死去
但死得其所。拥抱灯火的瞬间，那么漫长的黑夜中的
摸索与思慕，在炽烈的燃烧中终于得到了升华

窗外在落叶

窗外在落叶。埋首表格的读书人抬起迟钝的头颅
他听见秋风在骨缝里呼啸的声音
繁花已远。他记得激情，也记得一花一世界的禅喻
空，是一种玄想，也是喧嚣欲望之下的某种渴求
窗外在落叶。在文字里提炼黄金的苦行者
内心忽然充满了感伤。一叶一菩提，一字一啼鸣
天宇澄明，他驮着沉重的肉身在书页上翻山越岭

交谈

在事件与事件的间隙，我们抓紧时间交谈
是的，多忙啊，被推着走的人，都喘不过气了
说到田亩和纸张，说到收成和诗歌，我们沉默
在当前的困局和失落里，我们企图找到一片光
热爱一种理想，却被这种理想困扰
在这个世界上安顿下来是一件多么不容易的事情
我承认，由表及里，不仅仅是难以定义的痛感
还有爱的触摸、善的眼神带来的幸福感受
我们都不是多么热爱荣誉的人，平庸也是一种生活
安静，坚实，不引人注意，但不缺乏色彩
我们只是感慨，在扭曲的万物中，在工具理性
泛滥的大海中，我们越来越找不到本真

南瓜

这在乡村常见的事物，却是被我忽略的光
提着一颗金灿灿的南瓜走过田埂
我想起了种瓜的人，种瓜人在渝东南部的山区
苍老的容颜与突出的腰椎间盘
在风和日丽的日子里，搭好瓜棚，安置好藤蔓
秋天，瓜藤上挂满了明晃晃的，瓜中的珍珠
她有时不免心胸狭小，并且还有点反复无常
就像人们常说的，一个乡下的小生产者
格局不大。但不可否认的是
她有一颗银子般的心。她在泥土中提炼黄金

虚构

虚构一个和谐的家庭，丰盈的雨水落到金色的草垛
劈柴的声音在秋天的黄昏响起
虚构一个清晨，没有争吵，草木的气息充满院子
背包的外乡人走过门前，讨一瓢水喝
虚构一个温馨的童年，没有一个人孤独地坐在门槛上
仰头看大雁飞去又飞来，看树叶黄了又青了
看天上清朗朗的月亮呀，照着空寂的山村和清亮的水井
水井边的石头上搁着一只木水瓢。虚构亲人从来不曾
四散，远走他乡，而我在星光下，整夜整夜地做梦

林间落叶

林间落叶，层层堆积，疏朗与澄明中掺进一丝清冷
山果脱落枝头，雀鸟捡拾草籽
凛冽来临，只需用心观看与聆听
会发现大地持久的丰饶与深厚的悲悯

松鼠的皮毛变得更加浓密，它们在树枝上奔跑
它们终生的宏图
就是等待松果成熟，然后贮存起来
以度过饥饿的冬天

一只大手握着秋风的刻刀，在广袤的大地上雕刻
这幅时光的剖面图
高空卷积云，垂下雨水的皮尺
一探秋天的深浅

风带着凛冽，扑面而来，测试生命的刚性和韧性

我用毕生的温度挺身迎接

在深山，我一边俯身尘世

一边保持对遥远银河的眺望

秋天的阳光下

一直在吐丝的人也一直在自缚
萌动过的田野铺着深秋寡淡的黄金
时间的拐弯处，阳光呈现出残酷的热烈
我在精神困境深处攀缘若有若无的光线

多么纯粹动人的阳光啊，连缠裹身上的
悲伤，也显出了澄澈透亮的质地
"所有的姿态和语调都预示着一种退却"
而一片枯叶在飘摇中寻觅着稳定

要到尽头了。纷然中前景逐渐明朗
"这不是最好的，但却是最可取的"
闪亮的关节和纹理逐渐暗淡，锈蚀，遗忘
一切皆是可朽的。不拥有即自由

林中书

这灵魂出离的刹那，多情的肉身暂时摆脱了
欲望的烈火，还原为一株朴素的植物
吸纳天地灵气，吞吐日月养分
丹田处有热气上升，那是精神的钨丝在燃烧

草木的哲学教我如何吐浊纳清、处变不惊
在林中穿行，用纯净的露水洗涤心灵
我在驳杂中寻觅一种秩序
并领悟到了必然与自由之间的微妙平衡

雄鹰掠过林梢，我注目于其脱离引力的瞬间
被事物牵绊的人生让我有了诸多感触
多年来，我手执剃刀
却迟迟不肯落下，割断这情欲的阑尾

到上庄村

我们的汽车如一滴逝水在柏油路面上滚动
从支尔莫乡到上庄村，在自身勉励中一路向上
沿途是盛放的草木。我们忽视了事物磨损的部分
如玄机悟透，一路向上也是一路向下

从井底出来，换一个角度看天，看世相，看自我
高处云天敞亮，也有风云掠过的痕迹，持久不散
山脚下是一条大河，正在四月的尘世中沸腾
回望来路，细如一根丝线，给人一种焦灼的惊心感

千山走泥丸，坐落在皱褶里的民居如同蜂房
酿蜜至死方休的决心多么悲壮，庄严而隐忍的生活
接续族谱上的线索。我们滚烫的胸怀爱着山上的
一片风光，风光的中心，是如蜜蜂般勤劳的山民

银杏树下

黄昏时分，我喜欢在银杏树下眺望裹着一层暮霭的
田野和村寨。地埂上有农人走过
英雄髻配上擦尔瓦，很具民风
已经有炊烟在谱写夜晚的序曲了

而银杏在继续灿烂。我站的地方是大自然分配给我的
一个支点，黄金般的叶片
毫无声息地坠落，擦过鬓边的白发
我与落叶互相指认，这个秋季，我们有着相同的路径

浮世滔滔啊，胸怀伯牙之琴，操一曲精神的《广陵散》
深陷于暮色中，你即将用尽夕阳
你自我放逐，用孤独磨刀
在语言的大河中淘金，在无明中寻觅菩提

寂静的山村

在我的老家，收割后，人们带着绳子和斧头
进山，准备过冬的柴火
林间的虫蚁，在搬运粮食，有松鼠
在收藏松子。他们捡拾一日三餐都离不开的干柴棍
野茫茫的秋天呀，万物都经受着相同的宿命
松风吹过来，偌大的山谷，开始轰鸣，激荡
寂静的山村有了些声响
他们劳作时，是让人放心的，他们也不像诗歌里
描写的那样隔山相呼。只是那晃动的身影
如同幻觉，约等于草木，约等于没有
当他们伫立山坡，朝远处眺望，就有种揪心
和悲怆的意味在天地间弥漫开来
他们在呼啸的秋风中，思念散落在各地的亲人

落叶

恰好在我经过的时候，一片落叶击中了我
这不是一个平凡的事件
一片落叶，从万千落叶中凸显

某种意义从晦暗不明中变得清晰
如果有神，这一定是神特意挑选出来的
一小片飘落的启示

落到肩上，像智者对我猛拍了一掌
这九月的苍黄啊
丛林边缘的迷雾中仍旧有进出的人影

价值从来是相对的。可以奋不顾身，也可以
如闲云野鹤。落叶提示我的，是一种恍然的
惊觉、转向，以及对寻常事物的爱

热爱像黄金一样闪闪发光

一抬头，就看见一匹自在的流水
杂草丛生的小径上，事物被太阳晒干，晒出草木味
山风吹衣，吹我在文字上碰撞，有些发疼的脑袋
禽鸟关关和鸣，青苔汁液充盈
林子那面应该是村庄，几撇轻描淡写的炊烟，似有若无

没有什么好担心的，虽然来路已有些模糊
但是坚实的大地稳稳地托着我
虽然夜色正在降临
但是天上的星辰正在赶来，放光的事物不会消失

左边是峭壁，右边是悬崖，小径在中间，美而危险
就像职场，这边是原则，那边是规矩
就像人生，一边是生活，一边是艺术
我写下的诗歌大多数无人阅读
但我胸中的热爱，像黄金一样闪闪发光

月光曲

我俯身摸了摸，月光的绸缎，恍若无物
却是宁静的底色，事物只是影子和影子的影子
所有的翻涌和浩荡，所有的沸腾和焦灼
都消融在夜风轻柔的嘘唏中

我是一块通红的烙铁，来自日间的烘炉
此时需要一句诗来过渡，来针灸体内的暗疾
需要一行诗歌的避雷针
导出胸中的闪电

良夜可餐，大快朵颐吧，做一个月白风清的饕餮者
提上星星的灯笼，照见往来古今
无须琼楼高筑，彻夜吹笙，也无须快意恩仇，忍辱屈从
被月光洗过的人，早已看穿生命的胡同，看见了辽阔

春风吹过河滩

春风吹过河滩，鹅卵石粒粒惊心
去年的激流去了哪里？
灵魂的风暴忽然涌动，呼啸

那河岸边曲曲折折的，是曾走过的小径
再不会有了。那小径曾是多情的带子
现在，是一根自缚的丝

我在河边眺望过星辰，星辰如你，星辰是你
倒映水中，高倍放大的光芒
照亮过一个人的心底和眸子

春风吹呀，吹来梦幻，吹亮记忆的游丝
也吹来了出人意料的新事物
我追求过美，那美，为何让人如此悲伤？

路边有人在哭

丝丝缕缕，像让人心紧的铜丝

有时哭声爆裂，像炸开的爆米花

他内心深处一定是有什么碎掉了

再也无法拼接完整

一定是有某个事物

让他的天地坍塌了

也许只是一个吹得很大的肥皂泡

忽然很现实地破了

在这个春光明媚的上午

他什么也不需要，只需要这样的哭泣

看着他颤抖的肩膀

我希望他能哭出一片春天

拾级而上

拾级而上，这是一个婉转的清晨

两旁密林中雀鸟吟唱

流年暗换，事物以渐变的方式让人惊心

上星期花开灿烂，此刻落红随风

远眺河川，一片空蒙，大地无为

迎来送往，无为的大地从没想过要拥有什么

我们知道断舍，却一直贪心

二月是一个萌芽的月份

那么多的新娘走进了村庄

又有多少旧人眼含热泪

太过用心是否也是悲伤的根源？

晨风拂过情绪的钨丝，枯枝上还有残存的爱意

病了，病了。事物一旦碎裂再不会完整

飘动的黄金

晚风拂过高新大道，吹动油菜花，黄金在飘动
在田间走路的人抬头看天
那苦苦留恋的，只是一抹渐渐消逝的夕阳
夕阳是一个空洞的句点

明艳，恍若虚无，又似乎实有
树下荡秋千的人，划出春天饱满的曲线
好甜好甜的一片光影
荡过去，荡回来，是谁家娇娘？

雀鸟在诉说，喉间滑出圆润的珍珠
我在胡同被隐秘的丝线牵引，眺望遥远的星辰
故事在二月里生长，神秘、诱人、忧伤
心灵颤抖，似乎在等待，似乎想遗忘

宁静的夜晚

常常在宁静的夜晚
独自来到河边，眺望河水上的光影
哪怕是很小很小的一缕、一团
黑暗也不能将它完全遮蔽

春节期间，沿江路放烟花的人多了起来
此起彼伏，瞬间绚烂，而后是落寞
如同往事，激情过，缠绵过
却不堪回首。回首也是萧瑟

那随风散落的是我们曾想珍惜的
那在人群中走远的是我们曾想挽留的
能接受盛开，为何不能接受凋落
能理解光明，也应能体会黑暗

无题

不由你不承认，其实梦想与囚笼十分接近
跨江大桥上的车流，仍在午夜里奔驰
轮胎与桥面摩擦，有快感也有痛感

无眠。从商品房的鸟笼里观看乌云
雨水逼近，预料中的正在迅速到来
不惑的人，还是迷恋一片浮尘

如果提着灯火能不能照见事物的真相？
如果知道真相还会不会仍旧痴迷于现象？

看见你了，金色的头像沉默在二月的微信里
真的不快乐，但我希望你快乐

雀鸟惊鸣的清晨

春风绽放草籽，抚慰良夜里的失眠人
雀鸟惊鸣的清晨，有人出嫁了
有人在等待敲门的声音
等待中，用愿景融化内心经年的积雪

在人头攒动的季节里，物质包裹着临江东路
桃花只顾赚人眼球，透出艳红的市井气
而感伤的诗人，枯坐桌前
一团情感的丝线，在缠绕，在飘动

万物都想跨越自身的限度
这一生，有些事物我们的肉身注定不能到达
比如遥远的星辰，一株芦苇秀逸、绰约的气韵
只能用思想去触摸与感知

夜深了。时间如小雨，淅淅沥沥下着

诗人的灯还亮着，透出屈而不服的微光
不问成败的蜜蜂，在词语的花海里
提炼精神的黄金

一盏马灯

历史的隧道，一则闪光的故事
陈列在泸定桥纪念馆
藏族妇女送给从雪山下来的红军
一盏马灯，用火焰的舌头
说着军民鱼水之情

打绑腿的红军在夜色中行进
小小的火苗
将黑夜啃出一道透光的口子

两万五千里长征，就是由
一盏盏信仰之灯点亮的

长征纪念碑

请仰望纪念碑的海拔
八十年前的马蹄声、枪声
哭声、饥饿、贫穷和死亡在回荡
这不是钢筋和水泥的
堆砌物，是红军战士的血肉和骨骼
树立起的丰碑！悲壮凸显在大地
指引路途，碑上的名字
是照亮共和国大地的一盏盏路灯
从江西瑞金到甘肃会宁，长征路线
是中华大地上的一条动脉
纪念碑，内蕴着中华民族的魂
每当怀着懈怠的心走过纪念碑前
总有一束束目光从碑里射出
像火一样，灼烧并激励我

安顺场红军渡

两岸田畴铺满油菜花的金黄

波涛依然汹涌

但大渡河不再是撕裂两岸的一道裂痕

而是一条血管，滋养宁静的生活

刻在岩石上的"红军渡"

三个鲜红的烙印

提醒两岸的油菜花和房梁上的炊烟

和平来自鲜血的浇灌和生命的献祭

阅读写在这片水上的传奇

大渡河雄浑的躯体，曾经布满弹孔

被南方来的红五星轻轻抚平

小船冒着枪弹，摆渡共和国的明天

勇气、血肉和信仰，缝合

大渡河两岸被撕裂的土地

夹金山

不能用虚无的眼神丈量夹金山的海拔

不能用享乐的手指过滤夹金山的往事

雪地上的草鞋至今仍在深处发出轰响

步枪筒在暮色中闪着坚韧的光

帽檐染着硝烟，缀着红五星的火焰

雪风吹乱头发，皮肤皲裂

眼神像刺刀。以草根和信仰充饥

征服了鸟都飞不上的夹金山

山顶上的星星，是用枪尖捅出的亮光

透过山上的积雪，岁月深处传来

疲惫而坚定的脚步声和热烈的心跳

那些埋葬在雪山上的英魂

像一盏盏灯笼，照亮迷茫的夜色

红军战士，用他们火一般的热情和身体

为人民铺出一条通向幸福的轨道

若尔盖

花朵的海洋。藏蒿草、乌拉苔草
海韭菜铺成的草甸，牛羊成群
雄鹰翱翔，清澈的草原河
倒映历史深处的硝烟和英雄
走进若尔盖，会听见一草一叶
都在吟唱英雄史诗。史书上的长征
在这片草地上得到形象的展示
步枪、青稞、糌粑、寒冷
饥饿、泥潭、死亡、红五星
和信仰，写出的瑰丽诗篇
在若尔盖草原，鲜血浇灌出的花海
雄鹰在高空展翅，那是英灵在翱翔

淇河诗稿

一条河，在诗歌里流淌

水波一唱三叹

比兴荡漾

两岸修竹从《淇奥》里伸出

用韵律垂钓

"淇水滺滺，桧楫松舟"

通过汉字触摸温柔敦厚的脉动

《氓》里溅起来的水花

从文字的缝隙漫上来

一条河，从《诗经》流出

成为唐诗的血脉

李白、王维、高适、王昌龄、贾岛……

把一条河写成了一部伟大的史诗

2

透过历史的尘埃

听见战火中的低吟

你的水波回荡着马蹄的飞驰

刀枪剑戟在你身上刻出划痕

列国纷争，计谋茂盛

你的子民像秋天的麦粒倒在刀下

原野荒芜，月牙弯弯

传来你如泣的轻诉

你用良善之水清洗大地的伤口

灌溉两岸的原野和黎民……

王朝已坍圮

留下启人幽思的空城

兵车辚辚

大地上纵横的策士已化为烟尘

两岸堆积的时光碎片

诉说沧桑和厚重

3

淇河，韵律之河
伸出柔美的臂膀揽着古老的热土
溯游而上，石河岸、花窝遗址
你是中华民族的一根血管
延伸到七千年前
你用宽厚的胸膛哺育出王朝和豪杰
淇水悠悠，原野辽阔
我听见大禹沉稳而雄健的脚步
看见三代之英拂过淇水河岸的襟袍
王禅仙髯飘飘，采药修道
《鬼谷子》二十一篇，神机莫测
女娲炼石补天处
纣王降香高石台
姜太公垂钓的清池
青岩石窟、白蛇洞、白龙潭
白龙庙、鸡冠山、隋唐双塔寺

盘石头水库、千佛洞……

4

沿淇水河岸走进历史的隧道
像一只苍鹭沉醉在淇河的柔波
沙洲，赤麻雀在关关和鸣
渔歌唱晚，渔船运回天光和水色
钓鱼者，被淇河的美景垂钓
一霎晚雨，野渡无人
雨后霞光，在淇河的绿波上
轻轻覆盖一层金箔
在波光潋滟的私语中
淇河之女在星辉斑斓中静默
月亮桥边，星子洒下轻柔耳语
那是淇河在默诵新世纪的大赋
隔河东望，厚重历史的地基
一幢幢高楼亮起灯火
流淌着诗与美的淇河啊

两岸的子民在你温馨的摇篮

在你碧玉般的书页上续写新的诗篇

束河古镇

慢节奏的手鼓，敲打着束河古镇
带浪漫色彩的下午
阳光被叶片切成一根一根丝线
落进水中。水中倒映着木屋和风铃

吃惊于竹筒削成的茶杯带有强烈的民族风味
日影西斜，风从河上来
古典与仿古典，都是诱人的
束河送上了蛙鸣、晚霞、古意和木桶饭

纳西姑娘着盛装，像美丽丰腴的东巴文
她们头饰反射月光，让族谱生动
她们走过石板路，带来夜曲
束河古镇，是一张缓缓旋转的唱片

丽江

说起丽江，就想起那些曲折的巷子
和木头客栈，客栈里有把摇椅
一把梳理春风明月的牛角梳

水车旋转，将人带回悠闲而古朴的农耕时代
仿古建筑群，用石桥
木楼梯、简略的线条和纸糊的窗格
营造出一派古色古香

有人着古装，撑油纸伞。老板娘的笑容
也带着古风。我们沉浸其中
我们从丽江复古的风中获取力量
然后生活、承受、忍耐，并心怀希望

在丽江一间酒吧

音乐随着丽江城的灯火一同升起
这是丽江的另外一个侧面
现代感、啤酒、慢摇滚、吉他和手风琴

生活有时成为一潭死水，需要适度的摇晃
需要吉他和贝斯发出的乐音
将灵魂轻轻托起来。需要叫啸与呐喊
将身体里沉睡的部分唤醒

酒吧后面的小巷里，吉他手在月光下调弦
在给这个夜晚定调
一趟丽江之行，对我的生活进行校正

在拉市海荡舟

这一刻，陷于尘世的肉身轻快地浮在水上
浮在水上的还有一团经年累月的乱麻
纳西族的波光和日影
轻轻擦拭我骨头上的灰尘

用灵魂摇桨，打捞沉在湖底的云朵和贝壳
想起早年的笔记本，和夹在笔记本的一枚枫叶
渐渐像湖水一样柔软、明澈
和世俗的浑浊划清界限

有人唱起了纳西情歌，逗引水中青苔和游鱼
放松下来的精神，和漩涡一同翻卷
直到暮色在水面上铺开
直到内心一片空旷，无边无际

在石卡雪山

就这样，人们各怀目的，决定去石卡雪山
山巅积雪起到冰镇的作用，药粉的作用
治疗倾斜的钟摆和迷惘的高跟鞋

我们在缆车上遥望
白雪像块巨大的手帕，仿佛是山神嗅到了
到来之人的俗气，于是捂上了口鼻

面对丰盛的积雪，我们呼喊，感慨
仿佛白雪填满了内心的空缺
感觉心，变成了玲珑剔透的水晶

在府南河畔

月亮是黑夜开出的花朵
描过眉的蜀绣们走着碎步
一句诗行展开，就是宽窄巷子

李冰治水，在额上开掘出一条皱纹
就成为府河
成都平原的历史，比皱纹还深

谁在敲打盆地边沿的瓷？
一本蜀国史打开，夜观天象
星星是用狼毫写成的隶书

今夜，在府南河畔
我是蜀绣，是淌过蜀绣的一条河
又被河水流走

白云寺

用香火，抚育一片青松
给鸟儿歇足
寺庙左侧，一线瀑布
像根弦，洗耳，又洗心

高处，可随手翻阅白云的经书
群山拱起俗念
用清风化解。木鱼说
不可杀生，亦不可杀心

溪水供应慈悲
山路，一条垂爱的手臂
将万物揽入怀中

在折多山口

折多山口豢养大风和雪
318 国道是一根盘绕的麻绳
风吹拂着雪山隐逸的气度
我在山顶和白云闲坐
聆听经幡的絮语
有几滴苍凉，溅落在
我从俗世带来的冲锋衣上
折多，折多，命运一样多折
过去就是关外了
那儿神意更加浓厚，已备好
慈悲的净瓶和丰盛的宗教

西出折多

西出折多，即是到了旷远宁静之地
沿途青草若翡翠，谦卑
匍匐于地，有着世外的品相
石头都是有修行的

坐在无量河边，感受草原缓慢的流速
和天地无言的宽广
在光明的照彻中，我
像一股烟，消散在宁静的空蒙里

雪山低垂头颅，聆听
无量河波光粼粼的教谕：
牛羊一生只需一小片水草
人一生也只需一点光和热

折多以西

仿佛天空一下子很高远
仿佛大地一下子很空静

很空静的大地，人走进去
像一粒草籽滚进了草丛

八美小镇

缓慢起伏的辽阔，向天边
铺展夏日的绿色和苍茫
草丘线条柔和
晾着小白杨的绿纱裙

草原河宁静，弯曲出
迷人的景致，流动的
是水晶和白银。一只苍鹰
牵动了云朵

片石垒成的藏房，燃起火
糌粑、酥油茶和手抓牦牛肉
水草丰茂的季节，牧羊犬守护
羊群在河湾处上膘

当山卡寺在高处

恍若一方镇石

压住八美草原这张草纸

千年的梵音四处流溢

在卡子拉山口

仿佛随手可以摘取云朵
天堂垂下阳光的吊绳
雄鹰在高空画出优美的曲线，海子
淡蓝色的静谧倒映草坡上的羊群

川藏线若琴弦，拨动了西域
神韵是飞驰的马匹和肃穆的唐卡
经文串连起来的村镇
被高原和雪山捧在掌心

在卡子拉山口，我们驻足
恍若从人事纷繁的人间
旁逸出时间之外，静谧，安宁
神奇之手抚平胸中的波涛

春天来临，我还是老样子

又一个春天来临，我还是老样子

在汽车尾气中，想念山间空气

在清苦的盆栽里感受春天

街道妖娆，穿露脐装

走街串巷

住了多年的房间还是很陌生

还是被一些鸡毛蒜皮撩动神经

小心翼翼履着人间的薄冰

去经历化过装的人事

还是老样子，在无人处卸下防火墙

轻抚一些锋利的词语，比如

凋谢、流逝、白发、背叛和虚伪

又一个春天来临，依然用耐心、理性

或者自欺，安抚内心的雷霆和风暴

藏起体内的碎裂声和偶尔大规模的

情绪暴动，以便和世界相安无事

你一直不在

今夜，我孤独如一本古书
比遗弃的老宅还要荒凉
你一直不在

你没撑着油纸伞来
没从我凿开的窗洞中来
你的长发，末端有诱人的弯儿

我有盛开的栀子花
为你，把香一直留到深秋
你有水晶的贝齿和微微的红晕

柏油马路像磁带
反复播送我和你
你身上有浓雾。你如易碎的瓷

面朝你的方向坐下

我用思念敲门，敲丁丁的月亮

你一直不在

有所忆

撞上南墙也不回头
酒杯儿装的是韵律，不是人间烟火

小丝巾，擦拭小情绪小感悟
不爱珍宝，爱字里江山

夜里，两根诗句
抬着一个失眠人，在闪亮地行走

聚会

聚会，香烟、啤酒和客套
时光拉出了距离
夕阳的烟头，在窗外燃烧
我们抓住流年的余温
物质的秤杆上
人心隔着肚皮
酒杯，碰了一次，再碰一次
浇灌人性的荒漠

悲歌

大风吹刮电线和铁皮屋顶，发出悲怆的呜咽。夜色将临
木质门扉炸响。人们躲在檐下的阴影里，幻想着高处的光

在秋天里吟唱的歌手，忽然发现大地上已结满了繁霜
那些在漫长的夜里温暖他的句子，却无人问津

第二辑

长诗

圣境

1

柏油公路，如同递进的逻辑
串起九龙的山水
万千心灵默诵过的河流、湖泊和山峦
用经文般的洁净，接纳车轮
和浮躁的心灵

都是森林，但韵味不同
都是海子，但水色不同
都是村寨，但风尚不同
都是人间，但境界不同

藏、汉、彝、苗、土家……九龙的
一颗颗珍珠，人文织锦上的一根根丝线
他们手指上的智慧

在群山的起伏凹陷处，接续历史的灯火

在绝域吹拉弹唱

在圣境躬耕读写

村庄深处，妇女用土法织布

经线和纬线的交织，是传统和现代的碰撞

闪出令世人惊异的火花

成为少女身上迷人的红霞

彝族老人在古老乐器上弹拨出的曲调

那是民族传统的小溪在流淌

汉文、藏文、彝文，或方正，或圆润

三种描绘世界的方式

构成中华文明的三抹绚丽色彩

还有卓玛，彝族的阿约，汉族的幺妹

她们采摘深山的药草、雨露、云霞

酿成醉人的美酒

她们用温柔的发辫，套住

一匹匹昂首嘶鸣的雪山

2

似乎一切都保持原初的模样
古松古石古道古山，都心如止水
只有我，在全身心地荡漾

这是正午时分的猎塔湖景区
雪线之上，山峰露出了骨骼，撑着天
雪线之下，是仙风道骨的森林
我站在水边，细细品尝
长袖飘飘的女萝牵引出的情丝

白云在给山峰摩顶，被垂爱的
世界，各居其位，各安其分
镜子似的水潭，枯死的灌木倒于其中
活着的草木，在其中照影
水以慈悲之心，容纳了生死

繁花开于大地，一声声鸟鸣串成珠链
挂于树枝
在光与影的变幻中
我咀嚼着夫妻石的凄美

和草木相比，我有天然的不完美
欲望造成内心的崩溃，情绪的坍塌
我一直在寻找药剂师
在猎塔湖，一枚松针给了我一道出口
丝丝凉风吹醒了沉睡的灵魂
缝合着心里的碎片

3

我是来寻求宁静和药草的
伍须海，十二位仙女下来洗浴的地方
伍须海，我要在你的水边洗一洗
我的九曲回肠

大叶杜鹃已经开过，零落的花瓣

更有一种动人的萧瑟之美

沿湖生长着古老的乔木和杉树

我在每棵枝丫上推敲岁月的回响

已经是薄暮时分了，我还在流连伍须海的

水色。山峰挡住了天光

半湖黯淡，半湖明亮

手伸入水中，清凉如同一剂药方

舒缓了内心的浮躁

宁静随同暮色越加深浓，光影和色彩的变幻

越加丰富，长焦镜头

无法装进伍须海全部的美和意义

我在情绪的最高处，阅读伍须海的经书

那细小的波纹，是闪光的经句

指引迷路的羊群

4

我要的就是这种蛮荒和远古之趣
几匹没有鞍辔的马
草地上散放的牦牛和藏香猪
三五座小木屋，构成的草原牧歌

远处是雪山，近一点儿，是深绿的常绿乔木
夹着浅绿的落叶乔木
小叶杜鹃开遍了草甸
近在眼前的，是坐在木屋前的藏族阿妈

她脸上密布的皱纹，透出的并非苦难
而是祥和宁静
草原雪山养育出的心胸
不需要太多物质
她手上旋转的经筒，传出轻微的嘎吱声
多余的欲望被过滤

雪山、草地、牛群、马匹，甚至是山间的
野狼，都是家人
从山上引下来的雪水，人畜可饮
野外的飞禽走兽，亦可饮

日鲁库，没有被染指过的原初之地
我愿意将魂魄晾晒在青苔上
我知道在秋天，将会有多层次的色彩
在冬天，大雪封山，会有一盆炉火
等待踏雪而来的人

5

沿着盘山公路，进入一部经书深邃的义理
高处的寺庙给众生提供
灵魂的滋养
在低处生活，需要慈悲、抚慰和寄托

西斜的阳光投下宁静的光影

红色墙体的背景下，年轻僧人手握经卷

他已放下凡间的悲喜

用心打磨内心的舍利

在吉日寺斑驳的院墙外，我听到

风铃的诵经。沿着小路转寺的信众

一路撒下祈福的私语

直到日落，山上铺开星辰的经卷

大殿香雾缭绕，隐约梵唱中

我努力认识自身，让肉体皈依灵魂

面对肃穆的金刚和观音的净瓶

我想起让我伤心的事物

请给我慈悲，

请替我断念

请让我心中的悲伤随风而去

请给我洗净的莲花

让我放弃非分之心

饮酒诗

其一

一杯一杯，喝着康定和人情
月亮怀有心事，情绪喷着酒香
打着酒嗝儿的云朵，正在敲后门
杯中晃荡三十年曲折，和数条岔路
被手指甲掐过的人生泛出青紫

故乡和异乡都是个问题，越无解越上瘾
为了取暖，我将横断山区一条小路
围在脖子上，我爱这根稻草
它让我抱着，在虚幻的水面多漂一会儿
它也是块儿鸡肋，扔了可惜，用来佐酒

灌溉灵魂。谁说举杯消愁愁更愁？
在烈酒的伊甸园，用晕眩对付

清醒的疼痛，用麻醉迎接剃刀
用酒精的绵软对抗屈辱的坚硬
喝吧，喝出体内的刀锋，把圆滑世故

喝出棱角，把抽走的骨头喝回来
让现实闭嘴，用红着脖子的酒精说话
喝出热血和雄性，把你我的距离
喝短，喝出真面目，把内心的色彩
掏出，放在酒桌上，我还收集阳光

和伤痕。把软喝硬，把胸腔里冷却下去的
炉膛，喝出火焰，眸子喝清澈
弯曲喝直爽，喝到你打开心里的门
听说过不为五斗米折腰吗？
把欲望放到南山，栽种闲情，养心

如果内心有生锈的刀，就用文字摩擦
喝吧，把一个小人物，喝出个人样
把荒芜的内心，喝出春意
用酒杯隔开闹市和扭曲的夜色

一杯一杯，把心中的痛，喝睡着

其二

把盘山公路坐在身下，从康定
摸出一瓶酒。后来我们起身
沿着一缕飘忽的心思，摇摇晃晃走
郭达山有些趔趄。随手摘取康定的典故
泡在酒里，慢慢品

正好，你有一截愁肠
我有满壶牢骚。康定的灯火不排斥落伍者
生活没收了我的棱角，但我还
私藏了一根傲骨，扶住它，就可度过
人性的荒年

现在，你又喝成了一个男人
"三十年河东，三十年河西"
不想消沉了，打算整理好潦草的学业

在康定桥头，我们顺便把折多河
拎起来，欣赏一番。愁，比折多河

还要汹涌。到巷子里叫一支情歌吧
跑来助兴的白云，还是有几分扭曲
内心的镣铐，不是一场酒就可以打开
蜷缩过久，就难以舒展
哎，中年已至，夜风吹拂着异乡人的忧伤

其三

被汉语轻轻一推，就到了边塞
小巷放进酒壶，泡了一下，有些歪斜
五月，雪山还穿着羊皮袄子，我们
坐在汉语和藏语的缝隙，对饮

垂柳，这小女子，侍坐一旁，眉黛生春
而桌上摆着一盘故乡，三十多年风尘
荒凉开始扩散，一种命运

比折多山的弯道还弯

经文在康定的巷子里缓缓行走
高出的海拔，引发精神地震
随风摇摆的草木人生
在折多河边，向一朵浪花索求稳定

酒瓶倒出故乡，倒出租房，倒出
命运史，离殇由来已久
被金钱抓了壮丁
五脏六腑，已经典押给了生活

在漩涡里，抓紧酒瓶，喝吧
列位夫子和女士，容我在酒杯里歇歇
我多像几根虫草，泡在酒里
被时代享用，又像商品，被社会消费

其四

现在我属于酒杯，不许你命令我
落日微醺，摇摇晃晃下山去了
天空是高悬的明镜，天知道
我的肠子，打了多少个结儿

针尖上搁着酒杯，独饮
但不是一个人，对面还坐着个影子
哎，他瘦得像个单人旁
偏说，他带来了盛唐，可用诗歌换银子

点燃烟盒里最后一根肋骨
乘醉意，把手中的汉字使劲儿捏了捏
诗歌是落魄的贵族
廉价生产的诗，不到三天就过期了

成鬼了，还不忘诗歌的黄金时代

你曾经将诗句，连接为长城
捍卫内心的江山，其实只是块贫瘠的
自留地，偶尔种几枚不得意的词语

你不知道，今天的一些诗歌开始吹水了
随身携带狗皮膏药
你还是回到书页里去给夹着，安全
免得让诗歌溅出来的唾液，弄伤

其五

你提着一壶阴天，从山上下来
情绪的小溪一路流淌。我用峡谷迎接你
两个忘年的知己，用沉默说话
酒杯倒进二两乌云，隐约有闪电

人间有阴影，你一直在用毅力虚构阳光
多么孤独的舞台，在世俗的冲沟
用雪水洗涤沾染的污泥

用精神的锤砧，打磨一茬儿灵魂的月光

酒杯盛满漩涡，不阳春白雪，只对
泥土抒情。你身影瘦长，像一根花针
在大地上刺绣庄稼，用最淳朴的笔法
写出一个，让你痛心疾首的错别字

堕落风尘的，已无法挽回，黑夜不可避免
酒杯碰响间是暗泣，一道身影
是你无法愈合的伤口，是你潦草的结局
走过内心的独木桥，对岸才是广阔的原野

深谷诗行

内心的刻度

山峰夹峙，日子像汉字一样瘦
光阴的五指山下，我是楔进
大渡河岸的一枚顽固的螺丝钉
不追逐浪涛，用光固定自己

架上古卷写满文字
先辈智慧的磷火在其间闪烁
我在字符间寻找大陆和航向
有些事物不认同，我坚持不涉水

物质的肿瘤在扩散
冷漠是颗肾结石，一些人性在街上碰瓷
我校准内心的刻度，保持对星空的仰望
那里有爱的射线与和谐的光环

坚持是一种勇气，是格调和信仰
不信宿命，用良知的圆规和使命的三角板
修改结局，扭曲的街道会回到常规
滔天的洪水中，定有美和善的绿洲

我写下的句子半是冰雪半是火焰

事情已经发生，你不可能视而不见
五月，横断山区的蜜蜂仍在等待花朵
体内是板块的漂移、碰撞和造山运动
流水的皮鞭从未停止，羊群趋向黄昏

位于无名事物之胃部，被蠕动、消化和吸收
在水上，惊恐于流速，抛下词语的锚
从上游漂下经书的稻草，我们紧紧
抓住古人的情绪和智慧，延长挣扎的时间

星辰的群岛在分散和聚合，迷宫中

我们用焦虑和忧伤发出亮光，火的长龙
从史书一直延伸到大海，墓葬群的玫瑰
是先辈草就的密码，神秘又让人畏惧

我喜欢带着火光的流星，在灿烂中坠落
大山的夹缝也有阳光挤进，灌顶万物
遭遇白发剪径，我写下的句子半是冰雪
半是火焰。有些事物，我愿意执迷不悟

深谷之夜

每夜，都有一列火车驶过案头，离开的
再不回头，那些脸庞及忽略的细节
闪着火光。在漏斗样的峡谷，夜，被煮沸
我被方程式的规则揉碎，在月光下缩水

被撂在古书的原野，文字的坟冢累累
先行者的痛感由句子传导，我学会
用星星批驳夜晚，它让那么多闪光的事物

隐入暗处，并一代一代累积重压

我们从何处开始消失？并将自身分享给物质
精神的野菊花在路边抖颤，伊甸园从古卷中
掉落，摔碎在人性的大理石，岔路上
我们从不回头，并随口红走进暗淡的小巷

但我继承刑天的斧头和夸父的速度，够得上
追赶虚无，并用斧子砍出亮光。不惧怕
倒下，我随身带着棺材。走过河岸
身后拖着大片词语，像华丽的袍子盖住补丁

在山谷

春天离山谷尚遥远，去冬的萧瑟
还覆盖着阵痛的草坡
苔藓和地衣仍缺少丰润的滋水
幽深古井，并无春泉荡漾

而春天的马蹄毕竟叩击心灵了
淡紫色花海在山外翻滚，那儿鶒鶒的
鸣啾，像一颗颗圆润的珍珠
可以赤脚踩过那些湿润的草地了

一架碧玉的马车载着上天的恩泽
以慢两拍的速度驶近山谷
草芽儿定会穿透陈腐，光会驱散暗影

是的，这是贫瘠的山谷，文字的镣铐
诗歌的风衣，我行走在边缘
不是吗，曲线比直线更富于美感？
崎岖必会累积成人生的高度

谷中

大山挤压、切割后的空间不是绝地，是
精神的牧场。我用笔画架起小屋，保持纯粹
春风吹又生吗，那些灵魂的枯草？

不规则的四季呈天性之美，没有缠足的
性格和阉割的山水。秋天，落叶华美
冬季，袒露筋骨。崎岖和狭窄是另一种
走向阔大的途径，经过火焰之后，沉默之物

开始言说自己。在峡谷，星空是读不完的书卷
并迫使我深入，星辰也是群居者，结成
集团，如人世以家族血缘构成的结构体
互相吞噬也互相依存。夜空是放光的乱葬岗

耳朵开始拒绝声音，一种浅薄的美学在山外
和大街上的廉价牛仔裤一道流行。速度
是可以致命的，山谷是个另类，它的慢动作
让我顿悟，并在谷外来风时，用词语压惊

星空展开宏大的卷轴

星空展开宏大的卷轴，深蓝色的稿纸

星辰的字符，一篇浩瀚宇宙的赋体文学
形而上在运行天象，十二星座的精巧布局
复杂的轨道图谱写下激动和辉煌的谜语

我在峡谷仰望星空，一只向光的书虫
企图用汉语翻译星象的预示
星空后是无法看见的恒星群在死亡和诞生
颗颗星球，是宇宙间竖立的块块墓碑

涡旋状的星云在天际缓慢运行
如散开不灭的烟花，那些神交已久
却永远也到不了的星球，成为永恒的遗憾
我只能在对它光的渴慕中，死去

神秘的手用星象书写宇宙史，在人间
我们用族谱写家族史，支流纵横的谱系
短暂的生死让一个个名字发光又熄灭
只有形而上在宇宙间运行的嘎吱声，永不停息

天空的秩序

大山切割视距，长条形的天空在黎明
露出太阳的美人痣。我在谷底，朝生暮死
的蜉蝣，薄如蝉翼的知觉，以汉语锤炼的
象形思维，推敲你永恒恢宏而精致的逻辑

你的虚空嵌入无数光体，星球的齿轮
彼此独立又互相牵引，高处的力学
运行精准，每一处安置都恰到好处
你用夜空和白昼，展示无涯和秩序

你的秩序就是爱。仰望时空的窗洞，你允许
每颗星辰发出自身的光，也批准流星
星球们用引力互相致意，彼此协作
维持宇宙的和谐，没有一颗星欺负另一颗

你赐予我们空间，又用重力和宇宙射线

设置栅栏，给我们光明却又隐藏答案
我接过屈原的问号，树立在地平线上
我一生都在猜谜，并且，在你的谜中死去

晚春

这灿烂的光影加重了凋谢的落寞
耀眼的绿，深浓了晚春的氛围
季节更替，时光轮回，生命起灭
掀起了积雨云，悬垂着情绪和雨水

追过的少女呢？她们象牙般光洁的脖子
流水样的腰肢呢？那些青丝般畅快的
日子呢？渴望远方，在走向远方中逐渐熄灭
总是背道而驰，在向上的途中走向大地深处

在晚春弄琴的人，弦上有冰雪和火焰
音符里，柳絮共落红齐飞
这是残忍的，刚刚发生就成为往事

汩汩的泉声终将消逝，成为枯井

生命是一个车轮胎，在一个圆环上滚动
感恩吧，哪怕一滴露水，也是上天的恩泽
朝生暮死的蜉蝣之虫，求生的冲动如此强烈
布达拉梯形宫墙的夕光越来越宁静

夜歌

雪意顺着额头滑下
借梦幻一角，负隅顽抗
种下的道路还没发芽
独木桥就腐烂了三分

花呢，嘴唇呢，耳朵呢？
世界拥挤着钻石的镣铐
在山谷，我有陶土做的孤独的王冠
蝙蝠绕着它飞来飞去

感觉到了吗？这些呼救的信号
感觉到了吗？我是有温度和光的
皱纹像一条条草蛇，在皮肤上爬行
邮车早已停止，音信丢在半路

很多时候，我并无去处
只是在字缝里游来荡去，像个盲流
在苍凉人世，我写下诗歌，只是为了
将自己压住，不轻易随风飘走

牧歌

牧人甩过的响鞭在暮色里滚动
桑吉镇的夜月像蓝色海水中浮动的瓷盘
薄而脆，幻化为感伤的弦月
像搁在渝东南山间的柴刀

被风吹凉的小镇，马蹄声歇
缓慢起伏的牧场如同波动的心之涟漪

明灭的星子是密布的虫眼儿

我是高原上的行者。走过每座毡房
都有热烈的篝火和青稞酒
放下撕裂的阵痛，生死之惨烈
在锅庄的弦乐中舒展眉头之扭结吧

你是在找寻什么？妩媚的夜色也感创痛
精神的草原上，你是不肯倒下的雪豹
什么都没有了，除了泣血的长嗥
如同深埋冻土的颗粒冲撞压力之捆缚

静夜思

可有可无，形同虚词
生活和美学的场域，我处边塞
踏雪有殇，黑骏马驮来典籍
安放独木桥头

群山戴着白雪的头套

季节的裁定，草色一律苍黄

大气层是恢宏之网

时间的经线套着万物的脖子

没来得及启程的、没来得及爱的

坠落土层，染满铜绿

生涩的、甜熟的，完整的、破碎的

必须一一经历

没惧怕过黑暗，怀中有

隐秘而古老的司南

这么多年，我总在生活患病的部位

涂上诗歌的药膏

夜晚之爱

对夜晚，我给予了太多的爱。暗黑中的

光点如大河中的稻草，漂起规则缠身的行尸

形而上的游丝在浮动，生死之间
我体验到蝙蝠的快感，并攫住月亮的馅饼

古书是远逝者的灵床，每夜掀开盖板
和死者交谈。死亡才是一只倾听的耳朵
字符是黑色的骨殖，释放出意义的空间
死亡也是一面镜子，你更能看清自己

我爱夜晚是因为它善于放弃，它用节欲
和无，证明价值。它从酒杯间退出
用黑色的臂膀揽住需要休憩者
天空是巨大的沙漏，接住下落的我们

一块橡皮擦在白昼的纸上磨损，利用夜晚
进行修复。六乘八的居室是一块豆腐干
用思想和远逝者通话，让意义溢出房间
用长句搭床铺，星空的被单盖住身体的漏洞

诗歌是伤口的需要

做了减法，谷中的四季被巨手修改，春秋
被拦在二郎山外，冬夏的脸孔，拖得
像失望那么长。不是白就是黑，不是火焰
就是冰雪，命运的更改，不需要过渡

我是被时代用旧的人，在郭达山下用情绪
搂住流水的细腰，有些愁在坡上返青和变黄
肥皂泡在大街上散步，释放虚幻剂
我把词语放进炉膛，以身作砧，进行锻打

一直在镣铐里寻找自由，用教科书
能打开大海吗？逻辑学里有广阔的平原吗？
告诉我，知识的重量是多少？我喜欢
寂寞的事业，夹在书页里，做安静的书虫

我是山谷的囚徒，也是典狱长，是臣民

也是谷地无冕之王。太阳抛下金色的吊绳
山谷在空中晃荡，罗网空投下来，棱角
被罩住，磨光滑。诗歌一直是伤口的需要

日光拖动一片起伏的生死

在峡谷，仙人掌集结成军团，举着刺刀
蛙声和稻香需向山外借取。日光在阴坡和
阳坡之间挪移，拖动一片起伏的生死
庞大的山悬垂着压迫感，坡上倒伏着

情绪的枯草。蜗牛伸着精神主义的触角
在商业的队列，成为落伍者。风声在峡谷
流传：山外的水位线又沿着欲望升高了
须备好足够的心理来填补物质戳穿的漏洞

对应峡谷的地理、水文和植被，我用诗句
搭起了茅草屋，把大渡河煮进茶壶
揽着唐诗的细腰，用盛唐的光辉来填充

时光的黯淡。一种波动的虚空被风骨充满

存在的梯子搁在泡沫上，我信奉的美学
是一个倒三角锥。忽然惊觉，这么多年
路一直在走你，你本身才是目标。你抓着
高处垂下的吊绳，在真实的幻觉中飞

书页覆盖坡上的乱石

峡谷像悲伤那么深，山崖陡峭如同本质
一条流水是散开的鞋带，系不住漂浮的
日月。一直在等候客人，带来火焰
和针灸，他在暗处，从不回应

在谷底仰望落日，这颗金色的玻璃珠
于山头弹跳。风很大，情绪飘来飘去
我不需要翅膀，只需坚实地踏足于大地
是的，这儿几乎无路，人生的壮美在于开辟

想远眺，须翻越高山，在峡谷
荒凉有七十五度斜坡，我不孤独
有来自灵魂深处的天籁，一张书页
盖住坡上的乱石，精神的花海在温暖荡漾

我从远方来，文字排成茶马古道
朝圣者，用灵魂豢养艺术，鲜血浇灌诗歌
你，会来吗？山谷如同巨大的敞口茶杯
我是一枚瘦长的茶叶，在其中沉浮

后记

这本诗集中收录的作品写于 2017 至 2018 年之间。在结集出版之际，回过头来阅读在激情驱动之下写出的这些文字，反思中不免多了一丝忐忑。阅读这些文字就仿佛再次遇见在多年前已经走失的自己。一个人与自己相遇难道不是一件令人忐忑的事吗？

这些作品从精神气质上讲具有浓厚的情感力量，充满激情，并有一种勇猛无畏的精神；从技艺上看，比较注重语言本身的诗意开掘，力图通过语言的超常组合与奇异搭配形成一种语言运用上的惊异效果。这和近来创作的诗歌在观念上及审美追求上都有一定的差异。相比之下，近来的诗歌在语言运用上追求平实、朴素，对奇绝语言的追求有所舍弃，而更注重诗歌本身的内蕴；同时情感表达上更加内敛，也更温和，更细腻。

在物质欲望喧嚣尘上的时代里，保有一片精神的园地并不是一件容易的事情。文学边缘化了，诗歌生态堪忧。但无论如何，能够像一只飞蛾朝着艺术之光飞翔，是一件幸福的事情，虽然有些时候我也免不了会产生消极黯然的心态，正如我在一首诗里说的：

在秋天里吟唱的歌手，忽然发现大地上已结满了繁霜
那些在漫长的夜里温暖他的句子，却无人问津

艺术永无止境，希望我能排除一切精神上及日常琐事的干扰继续写作。也希望有缘见到这本小书的读者朋友喜欢它，并提出宝贵的意见。

谷语

2019 年 6 月 15 日初稿

2023 年 11 月 6 日修改